인터넷 나라의 앨리스

안트예 스칠라트 지음 ◎ 이덕임 옮김

미래인

인터넷 나라의 앨리스

1판 1쇄 발행 2014년 6월 30일
1판 14쇄 발행 2021년 8월 10일

지은이 안트예 스칠라트 **옮긴이** 이덕임 **펴낸이** 김민지 **펴낸곳** 미래M&B
책임편집 황인석 **디자인** 서정민 **영업관리** 장동환, 김하연
등록 1993년 1월 8일(제10-772호) **주소** 서울시 마포구 동교로 134(서교동 464-41) 미진빌딩 2층
전화 02-562-1800(대표) **팩스** 02-562-1885(대표) **전자우편** mirae@miraemnb.com
홈페이지 www.miraeinbooks.com **블로그** blog.naver.com/miraeibooks

ISBN 978-89-8394-767-3 03850

"미래의 신은 헤르메스다. 소통과 인터넷, 그리고 거래의 신이다.
과거에 영광을 누리던 생산의 왕 프로메테우스는 자리에서 물러났다."
— 페터 슬로터다이크(독일 철학자)

차례

프롤로그   9

1장 질주하는 리타   12

2장 의문의 남자   34

3장 디지털 원주민   43

4장 그의 분노   54

5장 슈퍼맨   57

6장 누군가 나를 지켜보고 있다   66

7장 빨강양말 소녀   75

8장 장난인가, 복수인가   78

9장 절필 선언   88

10장 야레드의 세 번째 편지   97

11장 친구의 짝사랑   110

12장 공개 결투 신청   123

13장 빨강머리 소년의 꿈　　　134

14장 의외의 인물　　　139

15장 질투의 화신　　　153

16장 범인은 가까운 곳에 있었다　　　160

17장 미행자　　　177

18장 사이코패스　　　189

19장 습격　　　197

20장 왜 하필 나를?　　　214

옮긴이의 말　　　224

독서지도안　　　226

정원은 어둠에 잠겨 있었다. 늦은 시각이라 그런지 지나다니는 사람도 없었다. 이따금 불어오는 바람에 나뭇가지와 풀잎이 잔잔히 흔들릴 뿐, 모든 것이 고요하고 평화로웠다.

그는 덤불 속에 쪼그려 앉아 몸을 숨긴 채 떨고 있었다. 추위 때문은 아니었다. 긴장한 나머지 온몸에 소름이 돋고 땀이 흘렀다.

그는 숨을 깊이 들이마셨다. 얼굴이 화끈거리며 열이 났다. 몸속의 피가 뜨겁게 솟구쳐 혈관이 이대로 터져버리는 건 아닌지 겁이 났다.

더 이상 참을 수가 없었다. 그는 숨을 헐떡이면서 이끼와 잡초, 썩은 낙엽에 덮인 수풀 속을 빠져나왔다.

그는 몸을 최대한 낮추고 아파트 건물을 향해 서서히 다가갔다.

그녀는 항상 창에 커튼을 치지 않는다. 마치 누군가에게 자신을 보여주고 싶어 하는 것처럼. 역시 그녀다운 행동이다.

이제 그는 그녀의 바람을 들어줄 참이다.

그는 그녀에 대해 속속들이 알고 있었다. 무엇을 바라는지, 무엇을 꿈꾸고 있는지, 무엇을 생각하는지, 어떻게 느끼고 있는지. 이 모든 것을 알려준 사람은 다름 아닌 바로 그녀 자신이다. 왜 그녀가 창에 커튼을 치지 않는지 알기 때문에 그는 자신이 생각한 일을 실행에 옮길 수 있었는지도 모른다. 심지어 옷을 갈아입을 때조차 그녀는 커튼을 치는 법이 없다. 셔츠를 벗은 다음 몸에 꽉 끼는 스키니 청바지를 벗고 엉덩이와 길고 가느다란 다리를 내놓은 채 잠옷으로 갈아입을 때도 마찬가지다.

무언가에 갇혀 있는 듯한 느낌이 싫어서 그녀는 커튼을 치지 않는다. 그렇다, 바로 그것이다.

그는 천천히 그녀의 창문으로 다가가 몸을 일으켜 조심스럽게 방 안을 들여다보았다. 다시 온몸이 떨리면서 호흡이 거칠어졌다.

방 안 책상 위에는 작은 스탠드가 켜져 있었다. 붉은 조명이 아늑하고 따뜻한 분위기를 풍겼다. 그에게 들어오라고 손짓하는 것 같았다. 당신을 기다리고 있어요,라고.

그는 피식 웃음을 터트렸다.

말하지 않아도 알고 있어.

그의 시선은 그녀의 침대 위를 향했다. 침대에 누워 있는 그녀를 보는 순간 자기도 모르게 나지막한 신음소리가 새어나왔다. 이불은 돌돌 말려 침대 발치께에 밀려나 있고 흰 셔츠와 슬립만 입은 채 그녀가 누워 있었다. 셔츠가 위로 올라가서 납작한 배가 완전히 드러나 보였다.

갑자기 귀에서 윙윙거리는 소리가 나며 그는 황홀한 상상에 빠져들었다. 하마터면 유리창을 두드리고 "눈을 떠봐. 내가 왔어!" 하고 소리 지를 뻔했다.

그는 땀에 젖은 손으로 가방에서 디지털카메라를 꺼냈다. 그런 다음 창문에서 약간 떨어져 그녀에게 초점을 맞추었다.

얼마 동안 동영상을 찍은 뒤 카메라를 가방에 넣고 아쉬운 듯 그녀를 마지막으로 한 번 더 바라보았다. 그러고 나서 몸을 수그리고 천천히 정원의 수풀 사이로 숨어들었다.

"안녕, 내 사랑. 이제 얼마 남지 않았어……."

그는 거친 목소리로 속삭였다.

" 1장 "
질주하는 리타

앨리스는 넓은 휴게실 안을 둘러보며 아는 얼굴을 찾았다. 매점 앞에 줄서 있는 나탈리와 엘렌이 보이자 그녀는 고개를 돌렸다. 같은 반이지만 얄미운 짓만 골라서 하는 애들과 쉬는 시간을 함께하고 싶은 마음은 손톱만큼도 없었다.

앨리스는 한숨을 포옥 내쉬고는 체육관으로 가는 복도에 있는 음료수자판기 쪽으로 느릿느릿 걸어갔다. 그때 갑자기 앨리스 앞에 어깨가 넓고 머리카락이 검은 젊은 남자가 불쑥 나타나는 바람에 부딪힐 뻔했다. 앨리스가 다니는 학교에서 아르바이트를 하는 남자였다.

"미안!"

남자는 당황한 듯 시선을 피하며 중얼거렸다.

앨리스가 뭐라고 대꾸도 하기 전에 남자는 머리를 숙인 채 앞으

12

로 성큼성큼 걸어갔다. 앨리스는 어떻게 된 남자가 상대방의 얼굴을 제대로 못 쳐다볼까 생각하며 고개를 절레절레 흔들었다.

앨리스는 바지 뒷주머니에서 지갑을 꺼내 동전을 몇 개 찾아 자판기에 집어넣었다. 코카콜라 버튼을 눌렀는데, 아무것도 나오지 않았다. 다른 버튼을 눌러봐도 마찬가지였다. 짜증이 난 얼굴로 반환 버튼을 눌렀지만 역시 응답이 없었다.

"에이, 동전만 날렸잖아!" 앨리스는 나지막한 소리로 투덜거렸다. "그럼 그렇지! 뭐 하나 되는 게 없네."

화가 잔뜩 나서 자판기를 발로 걷어차려는 순간, 누군가가 뒤에서 자기를 보고 있다는 느낌이 들었다. 뒤돌아봤다가 다갈색 머리에 키가 큰 남학생의 짙은 눈동자와 마주쳤다.

"야, 에드가! 왜 그렇게 뚫어지게 보니? 놀랐잖아!"

앨리스는 짜증 섞인 목소리로 말했다.

에드가는 미안하다는 표정을 지으며 어깨를 으쓱했다.

"그냥 널 도와주려고 한 것뿐이야. 저 멍청한 기계는 걸핏하면 먹통이 되거든. 하지만 이렇게 하면 돼. 잠깐 비켜볼래?"

앨리스는 새침한 얼굴로 에드가를 노려보다 이내 선심 쓰듯이 비켜서며 말했다.

"그러든지."

에드가는 곧장 자판기를 이리저리 만지작거리기 시작했고, 앨리스는 그런 그를 곁눈질로 훔쳐봤다. 암만 봐도 잘생겼어. 멋진 곱슬머리하며 탄탄한 팔뚝까지. 재수 없는 허풍쟁이만 아니라면 얼마나 좋을까? 앨리스는 속으로 생각했다.

남들 앞에 나서기 좋아하고, 게다가 입만 열면 재수 없는 소리를 한다. 자기 아빠가 할리우드에서 잘나가는 영화감독이었다나, 뭐라나. 앨리스는 에드가가 하는 말은 콩으로 메주를 쑨다 해도 믿지 않기로 했다.

앨리스는 얼마 전에도 "쟤는 눈 하나 깜짝 않고 거짓말을 한다니까!" 하고 카트야한테 에드가의 흉을 봤었다.

"하긴 진짜로 자기 아빠가 미국에 살았을지도 모르지. 영화 쪽 일을 했다는 것도 사실일 수 있고. 그래봤자 촬영장에서 전선줄이나 들고 쫓아다니는 스텝 정도였겠지 뭐."

하지만 카트야의 반응은 그저 그랬다. 카트야는 요즘 들어 이상하게 에드가 이야기만 나오면 눈빛이 촉촉해지고 말꼬리를 흐린다.

"어쩌면 걔 말이 사실일 수도 있지 않을까……."

"아니야! 저런 애들은 완전 사기꾼 타입이라구!" 앨리스는 자기도 모르게 목소리를 높였다. "사람을 홀릴 만큼 아무리 미소가 멋져도 말이야!"

자판기가 덜컹거리는 소리를 내며 작동하기까지는 1분도 채 걸리지 않았다. 에드가는 앨리스가 뽑으려던 음료수를 집어 내밀었다.

"여기, 콜라."

"고마워."

앨리스는 애써 덤덤한 얼굴로 콜라캔을 받아 들었다. 그러곤 뚜껑을 따서 콜라를 벌컥벌컥 들이켰다.

에드가는 꼼짝도 하지 않고 그 자리에 서서 재미있다는 듯 앨리스를 바라봤다.

"고마워."

앨리스는 같은 말을 되풀이했다. 이제 됐으니 그만 꺼지라는 뜻인데도 에드가는 그녀의 말을 알아듣지 못한 모양이었다.

"그래, 근데 네 일은 잘돼가니?"

에드가는 억지로 미소를 지으며 물었다.

앨리스의 입에서 퉁명스러운 대답이 튀어나오려 할 때였다. 갑자기 뒤에서 요란한 폭발음이 들렸다. 둘은 고개를 돌렸다.

"무슨 소리야?"

앨리스는 놀라서 숨을 멈췄다. 복도 끝에서 남자애 둘이 낄낄대며 웃고 있었다. 5, 6학년쯤 되어 보이는 아이들이었다.(독일의 초등교육은 4학년까지이며 이후 5학년부터 13학년까지는 중고등학교 과정이다:옮긴이)

"멍청한 것들!" 앨리스의 마음속에 맴도는 말을 에드가가 밖으로 내뱉었다. "쟤들이 제일 좋아하는 게임이야."

"풍선 터트리는 게 제일 좋아하는 게임이라고? 정말 어이없다."

앨리스는 고개를 흔들었다.

"맞아, 어이없지. 어쨌든 저 소리를 듣고 사람들이 깜짝깜짝 놀라니까. 이 얘기도 블로그에 한번 써보지 그래?" 에드가가 농담하듯 말했다. "넌 학교에 뭐 재미있는 사건이 없나 항상 찾아다니잖아."

"네 눈엔 이게 재미있는 사건으로 보이니?"

앨리스는 비아냥거리며 쏘아붙였다.

에드가는 어깨를 으쓱하더니 앨리스를 보며 말했다.

"너랑 얘기 나눠서 즐거웠어. 언제 또 같이 얘기할까?"

"뭐, 그러든지."

앨리스는 건성으로 마음에도 없는 대답을 했다.

＊

앨리스가 교실로 들어가니 수업이 막 시작되고 있었다. 슈프렝어 선생님은 벌써 책상 모서리에 걸터앉아 있었다. 앨리스는 죄송하다고 중얼거리며 자기 자리로 갔다.

슈프렝어 선생님이 입술을 비쭉이며 눈썹을 추켜올렸다.

"앨리스, 네가 수학에 약하다는 건 진작 알았지만 시계 숫자도 못 읽는 줄은 몰랐구나."

슈프렝어 선생님과 아웅다웅해봤자 아무 소용이 없다는 걸 깨닫고 앨리스는 대꾸하지 않기로 했다. 숨을 들이쉬면서 카트야 옆자리에 털썩 주저앉은 다음, 가방에서 독일어 교과서와 연필을 꺼냈다.

"어디 갔었어? 쉬는 시간 내내 널 찾았단 말이야."

슈프렝어 선생님이 얼음 같은 시선을 거두자마자, 앨리스는 카트야한테 쏘아붙였다.

카트야가 끙 소리를 내더니 손으로 입을 가리고 소곤거렸다.

"화장실에 가는데, 로자 선생님이 갑자기 붙잡고 도서관으로 끌고 가지 뭐야."

"도서관?"

앨리스의 목소리가 조금 커졌다.

"앨리스, 정말 못 봐주겠구나!" 슈프렝어 선생님이 버럭 화를 내며 소리쳤다. "수업시간에 늦질 않나, 수다 떠느라 친구의 수업을 방해하질 않나."

순간 앨리스는 주먹을 불끈 쥐었다. 수업 내용을 이해 못 해서 바보 취급 당하는 거라면 어느 정도 이해할 수 있다. 하지만 반에서 앨리스의 독일어 실력을 따라갈 사람은 없다. 그런데도 슈프렝어 선생님은 틈만 나면 앨리스를 몰아붙였다. 선생님이 자기를 왜 그렇게 미워하는지 앨리스로서는 도무지 알 수 없었다. 사실 곰곰이 생각해보면 미워할 이유가 아주 없는 건 아니었다. 블로그에 독일어 선생님의 변덕에 대해 조롱하는 글을 올리곤 했으니까.

물론 실명을 밝힌 적은 없었다. 그렇지만 블로그에 묘사된 '미스터 아이스'는 올백으로 빗어 넘긴 회색 머리칼, 아이들의 등골을 서늘하게 하는 푸른 눈동자 등 누가 봐도 그가 슈프렝어 선생님이라는 걸 알 수 있었다.

앨리스의 학교생활에 대한 이야기를 다루는 블로그는 지난 2년 동안 꾸준히 인기를 얻어서 이젠 학교에서 일어난 일을 속속들이 전하는 공식적인 일지나 다름없었다. 때론 조롱하듯이, 때론 익살스럽게 앨리스는 숄 남매 김나지움(나치 치하에서 학생 저항조직인 '백장미단'을 이끌었던 한스 숄과 조피 숄 남매를 기념해 세워진 학교:옮긴이)에서 벌어지는 모든 일들을 가차 없이 묘사했다.

앨리스는 블로그에서 '질주하는 리타'라는 닉네임으로 활동했지만, 학교 애들은 대부분 실제 인물이 누구인지 알고 있었다. 앨리스는 유명 블로거였다.

"친구랑 급히 할 얘기가 있는 모양인데, 우리 모두 경청할 준비가 돼 있으니 말씀해보시지그래."

슈프렝어 선생님의 비꼬는 목소리에 앨리스는 소름이 끼쳤다.

18

한마디 대꾸하고 싶은 걸 참느라고 앨리스는 속으로 숫자를 세기 시작했다.

"왜, 입이 열 개라도 할 말이 없나?"

선생님이 다시 앨리스를 바라봤다.

흥분한 앨리스가 입을 열까 봐 카트야가 앨리스의 허벅지를 손톱으로 찔렀다.

앨리스는 숨을 집어삼키며 나지막이 내뱉었다.

"네. 아무 할 말 없습니다."

분명 뭔가 신랄한 말을 한마디 더 던질 거라고 예상했지만, 선생님은 그저 어깨를 으쓱하더니 맨 앞자리에 앉아 있는 멜레한테 시선을 돌렸다.

"멜레, 미안하지만 프리드리히 뒤렌마트에 대한 내용을 읽어보겠니?"

"네, 선생님."

멜레가 열정에 찬 목소리로 소리쳤다. 그러곤 책을 펼치고 흥분해서 떨리는 목소리로 읽어 내려가기 시작했다.

"프리드리히 뒤렌마트는 스위스 베른 근처의 시골 마을인 코놀핑겐에서 1921년 1월 5일에 태어났다. 그의 아버지는 마을 청교도 교회의 목사였다. 그가 태어난 지 3년 후에 여동생 프로니가 태어났고 1935년에 그의 가족은 경제적인 이유로 베른으로 이사했다.

당시 세계 경제공황은 스위스에도 큰 영향을 미쳐서 중산층 부르주아 가정의 생활은 더욱 어려워졌다. 뒤렌마트는 베른에 있는 무료 문법학교를 다닌 뒤 훔볼트의 학교에서 대학입학 예비과정까지 마쳤다. 그는 그리 뛰어난 학생이 아니었으며, 자신의 학창시절을 일생에서 가장 비참한 시기였다고 회상하곤 했다. 선생님들의 수업 방식을 싫어해서 학교를 옮기기도 했고, 성적도 바닥인데다 수업 태도가 불량해서 선생님들과의 마찰이 잦았다………."

앨리스는 멜레의 목소리가 귀에 들어오지 않았다. 마음속으로는 이미 블로그에 올릴 내용의 제목을 정해두었다. '프리드리히 뒤렌마트는 어째서 성적이 그렇게 나빴는가?'

드디어 수업 끝을 알리는 벨이 울렸다. 슈프랭어 선생님과 학생들이 교실을 떠나자, 카트야가 실망스러운 목소리로 투덜거렸다.

"멜레한테 발표를 다 시키고 난 기회조차 주지 않다니. 수업 전에 그렇게 나를 시켜달라고 부탁까지 했는데 말이야."

카트야는 잔뜩 화가 나서 독일어 책과 필기도구들을 가방에 거칠게 쓸어 담았다.

앨리스는 카트야의 어깨에 손을 얹으며 말했다.

"그만한 일 가지고 뭘 그러니? 항상 편애하는 선생님인데 뭐. 너도 잘 알잖아."

그러자 카트야가 손을 내저으며 소리쳤다.

"그만둬! 너한테는 하찮은 일이겠지만, 난 말이야…… 아이, 몰라!"

갑자기 카트야가 말을 멈추고 손등으로 얼굴을 가렸다.

하지만 앨리스는 카트야의 눈에서 반짝이는 눈물을 보고야 말았다.

"카트야, 대체 왜 그래? 응?" 앨리스는 당황해서 물었다. "넌 이 따위 일에 속상해할 애가 아니잖아."

카트야가 거칠게 말을 잘랐다.

"내가 정말 화나는 건 바로 너 때문이야!"

"*나* 때문이라고? *내가* 뭘 어쨌는데?"

앨리스는 놀라서 눈을 동그랗게 떴다.

"아이고, 살다 보니 우리 귀여운 아가씨들이 말싸움하는 것도 보게 되는구먼."

둘 사이를 지나가던 미케가 한마디 툭 던졌다. 평소 같으면 미케가 아무리 시답잖은 소리를 해도 둘은 무시하는 편이었다. 하지만 이번엔 카트야가 이를 악물며 쏘아붙였다.

"야, 입 다물어, 멍청아!"

미케는 무척 놀란 눈치였다. 카트야의 입에서 그런 험악한 말이 튀어 나오는 일은 거의 없었기 때문이다. 미케는 어설픈 미소를 지으며 사라졌다.

앨리스는 단짝 친구가 속상해하는 모습을 물끄러미 지켜봤다. 지금까지 제 성질을 못 이겨 폭발하는 쪽은 대개 앨리스였고, 무슨 일이 있어도 또 누구에게도 화를 내지 않는 사람이 바로 카트야였다.

"카트야, 무슨 일인지 말해줄 수 있니?"

앨리스는 조심스럽게 카트야한테 물었다.

"그래, 너 그 질문 한번 잘했다."

"뭐?"

카트야가 갑자기 왜 그러는지 앨리스는 도저히 이해할 수 없었다. 카트야는 손을 허리에 갖다 대고 말을 계속했다.

"슈프렝어 선생님이 왜 나한테 못되게 구는지 알아? 바로 너 때문이야. 넌 대체 왜 선생님을 계속 화나게 만드는 거니?"

앨리스는 무슨 말인지 모르겠다는 듯 두 손을 쳐들었다.

"잠깐, 너 갑자기 왜 그러는 거야? 내가 슈프렝어 선생님을 화나게 했다고? 그게 너랑 상관있다는 건 또 뭐야?"

"바로 네 그 미친 블로그 때문이지. 그걸로 넌 항상 온갖 사람을 조롱하잖아. 그렇지만 네 농담을 결코 웃어넘길 수 없는 사람들이 많다는 건 알고 있니? 슈프렝어 선생님이 널 그렇게 쌀쌀맞게 대하는 것도 다 그럴 만해!"

앨리스는 천천히 양손을 내려뜨리며 언짢은 목소리로 말했다.

"네가 그런 말을 하다니 어처구니가 없다. 블로그에 학교 얘기를 쓰라고 계속 부추긴 건 바로 너잖아."

카트야는 입을 꾹 다문 채 대구하지 않았다.

앨리스는 카트야를 쏘아보고는 가방을 집어 들고 교실을 쏜살같이 빠져나갔다.

*

그날 오후 둘은 학교에서 서로 모른 척했다. 그리고 두 시간 연달아 외국어 수업이 있었는데, 앨리스는 프랑스어 수업, 카트야는 라틴어 수업이라서 서로 부딪칠 일이 없었다. 그렇게 하루 일과가 끝났다.

앨리스네 집은 카트야네보다 배는 멀었다. 평소 같으면 이런저런 이야기를 나누며 사이좋게 걸어갔겠지만 오늘 카트야는 복도에서 앨리스가 수업을 마칠 때까지 기다려주지 않았다. 카트야와 같이 가고 싶은 생각이 손톱만큼도 없는 건 앨리스도 마찬가지였다. 가장 친한 친구의 입에서 나온 말이 날카로운 바늘처럼 앨리스의 심장을 후비고 찔러대며 분노와 실망, 반감을 불러일으키고 있었다. 하지만 양심에 찔리는 부분이 없지는 않았다. 솔직히 앨리스의 블로그를 읽고 즐겁지 않은 사람들도 많다는 카트야의 말은 틀린 데가 없었다.

집으로 걸어가는 30분 동안 앨리스는 온갖 생각으로 머릿속이 복잡했다. 결국 앨리스는 카트야한테 화해의 이메일을 써야겠다 고 마음먹었다.

하지만 카트야의 이메일이 벌써 도착해 있었다.

받는사람: Alice.Bandow@netz.de

보낸사람: katja.h@inter.de

제목: 난 정말 바보 멍청이야!

사랑하는 앨리스,

바보 같은 짓을 해서 너무 미안해. 내가 그딴 멍청한 소리를 한 건 아까 도서관에서 로자 선생님이 나보고 수학 성적이 5점(독일의 학 점 방식은 1~5점까지인데, 1점은 최고 점수이고 5점이면 낙제점이다:옮긴이) 일 거라고 했기 때문이야. 화학 점수도 5점인데 이러다간 유급 당 하게 생겼잖아. ㅠ.ㅠ 독일어 점수가 2점은 돼야 무사히 통과할 수 있을 텐데 ☹

그래도 너한테 짜증 부린 건 정말 잘못했어. 다시 한 번 미안. 그렇 지만 울 엄마 아빠 알지? 내가 유급당하면 완전 펄펄 뛰실걸.

용서해주겠지, 친구?

☹ 그리고 ☺

넘넘 사랑해~

카트야

받는사람: katja.h@inter.de

보낸사람: Alice.Bandow@netz.de

제목: re: 내가 정말 바보 멍청이야!

사랑하는 카트야,

내 제일 친한 친구야. 너무 부끄럽고 미안해. 널 혼자 괴로움 속에

내버려두다니. 내가 나빴어. 네가 그런 행동과 말을 하는 데는 분명

뭔가 이유가 있었을 텐데 그걸 못 알아차리다니. 네가 말할 때까지

난 아무것도 몰랐잖아. 정말 미안해. 내 사과를 받아줘 ☹

나중에 ICQ(인스턴트 메신저 프로그램:옮긴이)에 들어가서 우리 둘이

못다 한 얘기 나누자, 알았지?!

난 곧 슐러VZ(독일 청소년들이 가장 많이 이용하는 온라인 커뮤니티:옮긴

이)에 들어가든지, 아니면 5시에 쇼핑센터에 가야 해.

나도 넘넘 사랑해~

앨리스

앨리스는 의자 등받이에 몸을 젖히고 10부터 거꾸로 세기 시작했다. 6까지 세었을 때 이메일이 도착했다는 신호음이 작게 울렸다.

잔뜩 기대하며 편지함을 열어본 앨리스는 깜짝 놀랐다. 메일을 보낸 사람이 카트야가 아니라 '야레드'라는 처음 들어보는 이름이었기 때문이다.

호기심에 앨리스는 메일을 열어봤다. 회색 볼드체로 몇 줄의 문장이 적혀 있었다.

앨리스!

내가 너에 대해 알고 있는 모든 것은 네가 나한테 말해준 거야.

네가 알아야 할 것은 오직 내가 널 아주 사랑한다는 것, 그리고 나한테서 벗어날 수 없다는 거야...

야레드

"오, 카트야. 요 귀여운 것………."

앨리스는 미소를 짓고는 중얼거리며 답장을 적었다.

받는사람: jared@mail.de

보낸사람: Alice.Bandow@netz.de

제목: re:

26

사랑하는 야레드!

오, 나의 왕자님이여! 당신을 다시 만나고 싶어 죽을 지경인데, 대체 누가 당신으로부터 벗어나고 싶다고 했나요???

당신의 산딸기 케이크, 앨리스

앨리스는 흥얼거리며 보내기 버튼을 클릭했다. 그때 초인종이 울렸다. 앨리스는 귀찮다는 듯 마지못해 일어나 현관문을 열며 투덜거렸다.

"도대체 아무도 사용하지 않는데 열쇠는 누가 발명한 거야………."

앨리스는 채 말을 끝맺지 못했다. 현관문 앞에 서 있는 사람은 엄마도, 남동생 로빈도 아닌 카트야였다.

"난 너랑 싸우는 게 정말 싫어."

슬픈 표정으로 멍하니 서 있는 앨리스를 밀치며 카트야가 아파트 안으로 들어섰다.

"카트야?"

카트야가 눈썹을 찡그리며 느릿하게 대답했다.

"어, 그래… 나야."

"근데, 너 좀 전에 나한테 이메일 보낸 거 아니었어?"

앨리스는 말을 더듬거렸다.

카트야가 고개를 끄덕였다.

"맞아. 아무래도 직접 만나는 게 좋겠다 싶어서 말이야."

카트야는 두 팔을 활짝 펴서 흔들며 불쌍한 목소리로 말했다.

"나 여기 왔어~"

앨리스는 웃음을 터트렸다.

"넌 정말 못 말리는 애야."

그런 다음 목소리를 낮춰 은밀히 속삭였다.

"내 사랑 야레드 씨."

"야레드? 야레드라니?"

"얘는, 나한텐 사실대로 말해도 돼. 근데 어떻게 한 거야?"

"뭘 어떻게 해?"

카트야가 뜻밖에 진지하게 묻는 바람에 앨리스는 살짝 짜증이 났다. 카트야는 곧잘 그런 식으로 장난을 쳤지만 오늘따라 연기가 지나치다는 생각이 들었다.

그런다고 속아 넘어갈 앨리스가 아니었다.

"그러니까, 야레드의 메일이 네가 오기 4분 전에 도착했어. 근데 네가 우리 집에 오려면 적어도 15분은 걸리잖아. 대체 어떻게 한 거냐고. 혹시 집을 나서면서 동생한테 메일 보내달라고 부탁한 거니?"

카트야는 영문을 모르겠다는 듯 어깨를 추켜올렸다.

"앨리스, 대체 무슨 소리야? 난 그냥 집에 가서 너한테 메일 보내고 바로 왔어. 근데 야레드라니, 누구야 걔?"

앨리스는 카트야의 말이 믿기지 않았다. 결국 같이 컴퓨터 앞에 앉아 아까 받은 이메일을 보여주고 나서야 어쩐지 카트야가 장난친 것 같지는 않다는 생각이 들었다.

"근데 너, 진짜 이 메일 안 보낸 게 맞아?"

앨리스는 다시 한 번 확인했다.

카트야는 고개를 세차게 흔들고 손을 들어 맹세했다.

"진짜 맹세해. 난 야레드가 아니고 야레드란 사람도 전혀 몰라."

앨리스는 코를 찡긋거리며 혼잣말처럼 말했다.

"야레드, 거참 이름 한번 웃기지 않니?"

카트야가 앨리스한테 기대며 손을 잡았다. 입을 열기도 전에 앨리스는 카트야가 한껏 주눅 든 목소리로 말하리라는 걸 짐작했다. 카트야는 뭔가 걱정거리가 있을 때면 늘 그랬다.

"잘 모르겠어. 왠지 으스스한 느낌이 들어, 앨리스. 뭔가 속셈이 있는 것 같단 말이야. 어쩌면 그 야레드란 인간, 스토커가 아닐까?"

앨리스는 큰 소리로 웃음을 터트렸다.

"어이구, 카트야. 하여튼 넌 못 말려! 별것도 아닌 걸 가지고 유난을 떠는구나. 누가 장난친 것뿐인데 무슨 끔찍한 재앙이라도 일어날 것처럼 말하잖니."

카트야는 앨리스의 손을 놓고 의자 등받이에 몸을 기댔다. 그러곤 아랫입술을 잘근잘근 깨물며 생각에 잠겼다.

"스토커? 그건 유명 인사들한테나 일어나는 거지."

앨리스는 여전히 농담기가 담긴 목소리로 말했다.

"네가 바로 그 유명 인사잖아."

카트야는 그렇게 말하고 미소 지으며 덧붙였다.

"적어도 질주하는 리타는 그래."

앨리스도 웃으며 말했다.

"맞아, 그건 네 말이 맞아. 질주하는 리타는 완전 유명하지. 숄 남매 김나지움의 악명 높은 독설가잖아."

둘은 말없이 잠시 동안 서로의 얼굴을 마주봤다. 말은 하지 않았지만 다시 예전의 다정한 사이로 돌아왔다는 걸 느꼈다.

잠시 후 앨리스는 컴퓨터로 몸을 돌렸다. 괴상한 이메일 따윈 망설일 것 없이 지워버리기로 마음먹었다.

"이런 건 무시해버리면 돼."

앨리스는 이메일을 지우고 카트야를 향해 돌아앉았다.

"이제 말해봐. 왜 로자 선생님이 널 도서관으로 끌고 갔고 거기서 무슨 소리를 했는지 말이야."

로자 선생님은 30대 초반으로 키가 크고 날씬하며 어깨까지 내려오는 금발을 항상 묶고 다닌다. 그리고 수학과 생물을 가르치는데 다정하면서도 엄격해서 아이들의 존경을 한 몸에 받고 있다. 5학년부터 13학년까지 중고등과정 학생들의 무지막지한 장난을 유머 있게 받아칠 줄도 안다. 어쩌면 로자 선생님이 쌍둥이 남매 김나지움의 최고 인기 선생님이 된 것은 그런 여유가 있기 때문일지도 모른다.

카트야는 볼을 빵빵하게 부풀려 푸 하고 한숨을 내쉬었다.

"으으… 재수 없어!"

카트야는 무슨 말을 하려다 망설이더니 다시 표정이 어두워졌다.

"사실 선생님이야 좋은 뜻으로 말씀하셨겠지. 나도 내 처지를 잘 알고 있어. 그래서 수업 발표 시간에 희망을 걸었던 거야. 발표를 잘하면 전체 성적이 좀 나아지지 않을까 하고 말이야. 근데 그 잘난 아이스 선생님은 나한테 기회조차 안 주잖아!"

앨리스는 고개를 내저었다. 그리고 기도하듯 두 손을 맞잡고 툭 내뻗었다.

"못됐어!"

카트야는 한숨을 내쉬더니 어깨를 다시 곧추세우고 팔꿈치로 앨리스를 슬쩍 쳤다.

"어이, 질주하는 리타. 오늘 네 블로그의 주인공은 허풍선이 미스터 아이스로 하는 게 어때?”

앨리스는 미소를 짓지 않을 수 없었다. 물론 카트야가 한바탕 울고 싶은 걸 애써 참고 있다는 사실을 잘 알았다. 그렇지만 이 서글픈 상황을 좀 가볍고 쾌활하게 바꿔보고 싶었다. 앨리스는 목소리에 잔뜩 힘을 주고 카트야한테 몸을 기울였다.

“이건 어때? 프리드리히 뒤렌마트는 왜 그토록 성적이 나빴을까?”

“그게 미스터 아이스랑 무슨 상관이야?”

카트야가 눈을 동그랗게 뜨고 물었다.

앨리스는 혀를 차며 말했다.

“글쎄, 일단 미스터 아이스의 외모를 얘기해야지. 선생님은 얼핏 봐선 105살 정도로 늙어 보이는데 알고 보니 진짜로 105살이라는 거야. 그런데 불쌍한 뒤렌마트가 학창시절 망가진 것도 알고 보면 미스터 아이스와 관련 있다는 거지.”

“뭐?”

“으이구, 카트야!”

앨리스는 손가락으로 관자놀이를 툭툭 치며 말했다.

“멜레가 발표한 내용 중에 뒤렌마트가 학교 가기 싫어했다는 얘기가 나왔잖아. 바로 여기서 미스터 아이스가 등장하는 거지.”

“아… 알았다!” 카트야의 얼굴이 금세 환해졌다. “이제 알았어.”

카트야도 앨리스처럼 손가락으로 관자놀이를 톡톡 쳤다.

"그랬구나… 어린 프리드리히가 재수 없게도 악명 높은 미스터 아이스의 첫 번째 제자로 딱 걸린 거지."

"그래도 프리드리히는 나중에 결국 성공했어. 그땐 아무도 그렇게 될 줄 몰랐겠지만."

앨리스는 웃으며 덧붙였다.

카트야는 흥분을 못 이겨 손뼉을 치면서 소리쳤다.

"좋아, 앨리스. 제대로 한번 써봐. 난 당장 집에 가서 질주하는 리타의 최신 글을 기다리고 있을게. 어린 프리드리히와 무자비한 미스터 아이스 얘기가 정말 궁금해 미치겠다."

두 소녀는 일부러 쾌활한 몸짓을 하며 헤어졌지만 사실 둘 다 그럴 기분은 아니었다.

카트야가 가고 나서 다시 컴퓨터 앞에 앉은 앨리스는 갑자기 으스스한 기분이 들었다. '질주하는 리타' 블로그 생각에 문득 불안감이 몰려들었다. 하지만 그것이 끔찍한 악몽의 시작이 되리라곤 전혀 짐작조차 할 수 없었다.

" 2장 "
의문의 남자

걸음을 옮길 때마다 앨리스의 입에서 하얀 입김이 뿜어져 나왔다. 길 양옆에 자라는 잔디와 나무들 위에 무서리가 내려 반짝거리고 있었다. 암소넨펠트 주택단지의 획일적인 붉은색 지붕과 붉은 벽돌로 된 집들도 가로등 불빛에 밝게 빛나고 있었다.

벌써 해가 저물다니, 앨리스는 왠지 모르게 초조한 기분이 들었다. 시계를 보니 이제 4시 30분이 조금 지났을 뿐이다.

"이런! 다섯 시도 안 됐는데 벌써 어두워졌잖아."

앨리스는 혼잣말을 하며 깊은 생각에 잠겼다.

"날은 또 왜 이리 추워……."

앨리스는 어깨를 쫙 펴고 걸음을 빨리했다.

주택단지 끝에 있는 교차로를 막 건너려던 순간 앨리스는 무심코 왼쪽을 돌아봤다. 불과 1초도 안 되는 시간이었지만 그녀가 보지 말아야 할 무엇인가를 보기엔 충분했다.

한 남자가 길바닥에 누워 있었다.

*

그 일은 같은 날 벌어졌다. 카트야와 싸우고 웃기지도 않는 야
레드의 편지를 받은 바로 그날이었다. 문득 앨리스는 그게 적어도
몇 년은 지난 일들처럼 느껴졌다.

쓰러져 있는 남자 쪽으로 머뭇머뭇 다가가는 앨리스의 심장이
세차게 고동쳤다. 앨리스는 걸음을 멈추고 천천히 보행자 전용
구역을 둘러봤다. 하지만 그 넓은 곳에 개미 하나 보이지 않았다.
모든 것이 조용했다. 너무 조용해, 앨리스는 생각했다. 뭔가 잘못
된 것 같아.

그냥 모른 척하고 가! 앨리스의 내면에서 겁에 질린 소리가 새
어나왔다. *너하곤 상관없는 일이잖아. 네가 뭘 어떻게 할 수 있다
고 그래!*

마음만 먹으면 앨리스는 얼마든지 발길을 돌릴 수도 있었다. 재
빨리 도망쳐서 카트야가 기다리고 있는 크루거 카페로 뛰어들 수
있었다.

하지만 앨리스는 자기가 그 처지가 됐는데 아무도 도와주지 않

는다면 어떨까 하고 상상해봤다. 만약 저 사람이 심장마비나 뇌졸중으로 쓰러져 있는 거라면?

며칠 전에 엄마가 앨리스한테 공원에서 뇌졸중으로 쓰러진 아줌마의 이야기를 들려주었다. 기다시피 하여 공원의 벤치에 누웠는데도 수많은 행인들이 무심히 지나쳤고, 결국 한참 뒤에야 지나가던 젊은 아가씨가 구급차를 불렀다고 한다.

"누군가 즉시 나서서 도왔더라면 결과는 훨씬 덜 심각했을 거야." 엄마는 말했다. "특히 뇌졸중은 바로 조치를 하지 않으면 위험하거든."

앨리스는 믿을 수 없다는 듯 고개를 흔들었다.

"요즘 사람들, 정말 문제야. 모두 자기 생각만 하며 산다니까."

엄마의 목소리에는 쓸쓸함이 묻어 있었다.

안 돼, 저 상태로 놔둘 수 없어. 응급처치는 못 해도 무슨 문제인지 확인할 순 있을 거야. 앨리스는 무릎이 후들거리는 걸 간신히 참고 그 남자에게 다가갔다.

*

길바닥을 적신 붉은 피가 가로등 불빛을 받아 지붕 위의 서리처럼 반짝거렸다.

남자는 하늘을 보고 죽은 듯이 누워 있었다. 발가락이 허공을 향해 뻗어 있는 게 보였다. 그냥 넘어진 걸까? 아니면 무언가에 뒤통수를 얻어맞고 의식을 잃어버린 걸까?

앨리스는 남자 옆에 쪼그리고 앉아 떨리는 목소리로 말했다.

"저기요. 제 목소리 들리세요?"

남자는 아무 반응이 없었다.

오, 하느님! 죽었으면 어떡하지? 순간 앨리스의 몸이 오싹 움츠러들었다.

앨리스는 자기도 모르게 그만 벌떡 일어났다. 당장 달아나고 싶은 생각이 굴뚝같았다.

그런데 다리가 마비라도 된 것처럼 꼼짝할 수 없었다. 심장은 단거리 경주 신기록을 세운 선수처럼 미친 듯이 뛰고 있었다.

그때 느닷없이 남자의 목소리가 들렸다.

"내가 앰뷸런스를 부를게."

앨리스는 외마디 비명을 내지르면서 펄쩍 놀라 뒤로 물러섰다. 그러다 당황한 나머지 누워 있는 남자의 다리를 밟고 말았다. 앨리스는 비틀거리며 중심을 잡으려고 허우적거렸다. 바닥에 넘어지려는 찰나, 단단한 팔이 앨리스의 몸을 얼른 감싸 안았다.

"어이쿠, 앨리스, 진정해."

누군가가 앨리스 귀에 대고 그녀의 이름을 속삭였다.

어떻게 된 일인지 깨닫기까지는 시간이 좀 걸렸다. 앨리스는 남자의 품을 빠져 나와 한 발짝 물러섰다.

앨리스의 앞에는 20대 초반으로 보이는 젊은 남자가 서 있었다. 남자는 짙은 색의 짧은 머리에 눈동자가 유난히 밝은 색이었는데, 어딘가 낯이 익은 느낌이 들었다. 짧게 깎은 불그스름한 턱수염이 검은 머리칼과 묘한 대조를 이루고 있었다. 남자는 앨리스를 향해 웃음을 지어 보였다. 벌어진 입술 사이로 고르지 않은 치아와 뱀파이어처럼 삐죽이 튀어나온 두 개의 송곳니가 드러났다.

남자는 재킷 주머니에서 휴대폰을 꺼냈다.

"내가 앰뷸런스를 부를게."

그러곤 집게손가락으로 전화번호를 눌렀다.

잠시 후 남자는 전화기에 대고 말했다.

"여보세요, 여긴 리하르트 바그너 거리인데요. 어떤 남자가 머리에 피를 흘리며 쓰러져 있는데 의식이 없어요. 지금 당장 앰뷸런스를 보내주세요."

남자의 목소리는 침착했고 사무적으로 들렸다. 통화를 끝낸 남자는 앨리스한테 안심하라는 듯 미소를 지어 보였다.

하지만 앨리스는 멍하니 눈을 크게 뜨고 입을 반쯤 벌린 채 그 남자를 빤히 쳐다보며, 어디서 만났을까 골똘히 생각하고 있었다. 어디선가 그 남자를 본 적이 있는 것만은 틀림없었다.

38

재킷을 벗어 앨리스한테 건네며 남자가 말했다.

"아무래도 똑바로 눕혀야겠어. 앰뷸런스가 곧 도착할 테니까."

그러곤 쓰러진 사람을 향해 몸을 굽혔다.

남자는 마치 늘 해온 것처럼 모든 일을 능숙하게 처리했다. 먼저 부상자의 다리를 편 다음 모로 눕히고 팔을 들어 올려 가슴에 X자로 겹쳐놓았다. 이어 한 손으로 부상자의 손을 누르고 다른 한 손으로는 다리를 잡아 올려 무릎을 구부렸다. 그다음 조심스럽게 자기 쪽으로 끌어당겨서 목을 펴고 입을 벌리게 했다. 마지막으로 손을 턱밑에 넣어서 환자의 목이 쭉 펴지도록 했다.

"내 재킷 좀 줄래?"

최면에라도 걸린 듯 꼼짝 않고 서 있는 앨리스한테 남자가 말했다.

"어어… 네, 물론이죠."

앨리스는 얼떨결에 들고 있던 남자의 재킷을 그에게 내밀었다.

남자는 미소를 짓더니 재킷을 받아서 누워 있는 사람에게 덮어주었다.

몇 초 후에 앰뷸런스가 사이렌을 울리면서 막다른 골목으로 들어섰다. 검은 글씨로 '응급'이라고 쓰인 메르세데스 자동차도 뒤따라왔다.

남자들이 차에서 뛰어나와 의식을 잃고 쓰러져 있는 사람에게 달려갔다. 몇 분 후 그는 들것에 실려 앰뷸런스 안으로 들어갔다.

차문이 닫히자 순식간에 사람들이 골목으로 몰려들어 웅성거렸다. 사이렌 소리에 놀란 동네 주민들이 그제야 집에서 쏟아져 나온 것이다.

앨리스는 문득 우습다는 생각이 들었다. 지금껏 코빼기도 안 보이다가 앰뷸런스가 오자 나타나다니. 사실 그보다도 자신의 행동이 너무 우스꽝스럽고 유치하게 느껴져서 얼굴이 화끈거렸다. 휴대폰으로 구급차 부를 생각을 왜 못 했지? 아니면 이웃집 문을 두드려 쓰러진 사람이 있다고 알릴 수도 있었잖아?

하지만 앨리스는 아무것도 하지 않았다. 그저 넋이 나가서 달아날 궁리만 하고 있었다. 그 젊은 남자가 불쑥 나타나지 않았더라면 앨리스는 아마 도망쳤을 것이다.

그 남자는 즉시 자기가 무엇을 해야 할지 알고 있었다. 조금도 망설임 없이 조치를 한 덕분에 한 사람의 생명을 구할 수 있었다.

"네가 전화했니? 콜센터에서는 남자 목소리였다고 하던데?"

그 소리에 앨리스는 깊은 생각에서 깨어났다. 경찰을 본 앨리스의 눈이 휘둥그레졌다. 그때까지 경찰이 온 줄도 전혀 모르고 있었다.

앨리스는 이마를 찡그리며 고개를 흔들었다.

"네… 이 사람이 전화를……."

앨리스는 말을 멈추고 주위를 둘러봤다. 젊은 남자의 모습은 어디에도 보이지 않았다.

앨리스는 어깨를 으쓱했다.

"이상하네요. 방금 전까지도 여기 있었는데… 짙은 색 곱슬머리를 한 젊은 남자가 앰뷸런스를 불렀어요."

경찰이 미심쩍은 눈초리로 앨리스를 바라봤다.

"아니, 사실대로 말하면 그 남자가 쓰러진 아저씨를 옆으로 눕혔어요… 그러니까 응급조치를 한 거죠. 근데 어디로 갔는지 모르겠네요…….."

앨리스는 말끝을 얼버무렸다. 자기가 들어도 횡설수설하는 것 같았다.

반신반의하는 듯한 표정으로 경찰이 말했다.

"글쎄다. 네가 말하는 그 구세주가 도대체 어떻게 했는지 모르겠지만 제대로 응급조치를 한 것만은 틀림없어. 혹시 부상자가 사례를 하려고 할 수도 있으니 네 주소를 알려주겠니?"

"그분은 괜찮을까요?"

앨리스는 얼마 전까지 부상자가 피를 흘리고 누워 있던 자리를 눈으로 더듬으며 불안하게 물었다.

경찰은 안심시키려는 듯 앨리스의 어깨에 손을 얹었다.

"걱정 마라. 다행히도 의식을 되찾았다는구나. 자, 이제 주소를 알려주겠니?”

　앨리스는 숨을 꿀꺽 삼키고 고개를 저었다.

　“전, 전 아무 일도 안 한걸요. 정작 감사해야 할 분은 제가 아니고 그 젊은 남자…….”

　“그렇지만 그 사람은 흔적도 없이 사라졌잖니.”

　경찰은 무뚝뚝하게 앨리스의 말을 끊었다.

　앨리스는 고개를 끄덕이며 말했다.

　“맞아요. 정말 이상하네요.”

3장

디지털 원주민

이런 날이면 말이지,

침대에서 이불 뒤집어쓴 채 빈둥거리고 싶어. 다들 그렇지 않아?

하지만 난 그 유명한 프리드리히 뒤렌마트가 꼬맹이였을 때 왜 그렇게 학교 가기를 싫어했는지 그에 대한 의문부터 해결해야겠어.

근데 그거 알아? 뒤렌마트의 끔찍한 학창시절을 만든 주범은 생각보다 가까운 데에 있었어.

미스터 아이스!

맞아, 제대로 읽었어. 믿을 만한 소식통에 의하면, 불쌍한 뒤렌마트가 존경하는 미스터 아이스의 첫 번째 제자가 되는 끔찍한 영광을 누렸다는 거야.

다시 말하면 첫 번째 희생양인 셈이지.

그렇다면 뒤렌마트의 이야기에서 우리가 얻을 수 있는 교훈은 뭘까, 친구들?

미스터 아이스의 희생양이 되더라도 나중에 커서 훌륭한 사람이 될 수 있다는 것이지!

그러니까 용기를 잃지 말자구. 환한 빛이 넘치는 터널의 끝이 멀지 않았으니까!

추신: 실제로 105세나 되는데도 꼿꼿한 허리를 자랑하는 미스터 아이스에 대한 의견이 분분해. 존경하는 미스터 아이스, 나이에 비해 왜 그렇게 젊어 보이시나요?

하지만 오늘 우리가 풀어야 할 어마어마한 숙제는 그뿐이 아니야.

우선 나, 질주하는 리타는 평소처럼 학교 이야기가 아닌 개인적인 사건을 이야기해야겠어.

카페에서 친구를 만나려고 종종걸음으로 길을 건너려는데, 어떤 남자가 길바닥에 누워 있는 게 보이지 뭐야. 의식을 잃고 쓰러져 있더라구. 간밤에 갑자기 날씨가 추워지는 바람에 길이 얼어붙은 걸 모르고 지나다 미끄러진 건지도 모르지.

아무튼 그 불쌍한 행인은 넘어지면서 뒤통수를 길바닥에 쾅 부딪힌 거야. 에구머니나!

근데 상상해봐. 사람이 그렇게 쓰러져 있는데 모두들 모른 척하고 지나가더라구.

믿기지 않는다고?

그런데 마침 그 여자애가 그 자리에 있었던 거야. 아주 우연히 사고 현장을 보게 됐지. 일단 사고 현장을 봤으니 행동에 나서야만 했어. 그렇지만 어떻게 해야 할지, 그 애는 참으로 막막했어. 쓰러진 남자가 살았는지 죽었는지조차 알 수 없었으니까.

그 상황에서 뭘 해야 할까? 휴대폰을 꺼내 앰뷸런스를 부르는 거? 가까운 이웃에게 달려가 도움을 청하는 거? 아니면 "여보세요! 누가 좀 와서 이 아저씨를 도와주세요!" 하고 소리 지르는 거?

아니, 그 애는 아무것도 하지 않았어. 정말 아무것도.

사실 뭔가를 할 필요도 없었지. 갑자기 어디선가 그녀 앞에 슈퍼맨처럼 누군가 나타났으니까.

정말이야. 슈퍼맨이 부활했다니깐! 저 먼 미국 땅이 아니라, 여기 바로 우리 앞에 말이야. 의식을 잃고 쓰러진 사람을 보고 어쩔 줄 몰라 하는 소녀를 도와주려고 어디선가 나타난 거야.

사고 현장을 보자마자 어떻게 해야 할지 아는 걸 보면 그 사람은 슈퍼맨이 틀림없어. 앰뷸런스를 부르고 기도가 막히지 않게 부상자를 모로 눕힌 다음 재킷을 벗어 덮어주기까지 했으니까.

그렇게 모든 것이 잘 마무리됐어. 곧 앰뷸런스가 도착하고 사람들이 북적거리는 사이에 슈퍼맨은 어디론가 갑자기 사라져버렸어. 물론 재킷은 챙겨 갔더라구.

한순간에, 뿅 하고 공기 속으로 사라져버린 거지.
얼마든지 이해가 되는 행동이야. 진짜 슈퍼맨이라면 사람들 눈에 띄는 것도, 사람들이 자신의 훌륭한 행동을 치켜세우는 것도 원치 않을 테니까.
진짜 슈퍼맨이라면 다른 사람한테 도움을 주는 것 자체로 충분히 만족할 테니까.
진짜 슈퍼맨은 선을 수호하고 악과 맞서 싸우니까.

진짜진짜 너무너무 근사해.
그렇지 않아?
너흰 어떻게 생각해?

너무 기뻐서 잠을 이룰 수가 없는, 질주하는 리타

마지막 문장을 끝낸 뒤 피아니스트처럼 자판기를 한번 쓱 훑어 내리고 나서, 앨리스는 의자 등받이에 몸을 기댔다.
그런 자세로 앨리스는 잠시 생각에 잠겼다. 보낼까, 말까? 카트야는 그냥 해본 소리니 마음에 담아두지 말라고 했지만, 카트야가 그날 아침에 한 말이 아직도 머릿속에 맴돌고 있었다.

모두 네 잘못이야. 너 때문에 슈프렝어 선생님이 나한테 화를 내는 거라구! 네 그 멍청한 학교생활 블로그 때문에.

맞아, 말도 안 되는 소리지. 앨리스는 카트야의 가시 돋친 목소리를 잊어버리려고 애썼다. 슈프렝어 선생님이 학교 블로그 따위를 읽을 리 없지. 혹시 읽는다 하더라도 자기가 미스터 아이스라는 건 꿈에도 생각 못 할걸.

게다가 그게 뭐 어때서? 요즘 세상이 다 그렇지 뭐. 아주 사소한 일도 블로그에 올리고 공유하잖아. 우리가 모르는 일이 없을 정도로 시시콜콜한 것까지 말이야.

어쨌든 앨리스는 인터넷 시대를 사는 소녀였다. 모든 정보와 지식이 인터넷에서 공유되고 사회관계도 페이스북이나 트위터, 마이스페이스나 슐러VZ 같은 소셜네트워크를 통해 이루어진다. 친한 친구를 공개하거나 자신의 신상 혹은 엽기적인 사진 등을 올리는 것은 블로거들에게 너무나 자연스러운 일상이 되어버렸다.

몇 주 전에 튀센 선생님이 맡고 있는 사회시간에 '인터넷의 함정'이라는 주제로 토론을 했다. 마르코 튀센 선생님은 솔 남매 김나지움에서 인기 있는 젊은 선생님 중 한 분이다. 금발에다 약간 가무잡잡한 피부, 그리고 강렬한 푸른 눈을 가진 선생님은 나이

답게 스스럼없는 말투로 학생들을 친구처럼 대하며 언제나 수많은 학생들에 둘러싸여 있다.

학생들은 튀센 선생님의 태도나 의견, 그리고 표현방식을 대체로 우호적으로 받아들였다. 하지만 동료 선생님들은 아니었다. 아무튼 앨리스도 튀센 선생님을 무척 좋아하고 따랐다. 적어도 그날 수업시간 전까지는.

평소 융통성 있고 너그러운 튀센 선생님이 그날 인터넷에 관한 주제에서는 유난히 엄격한 모습을 보였다.

"디지털 원주민인 너희들이 남긴 온라인 프로필은 전 세계로 퍼져나가 사회적 정체성으로 자리 잡게 된단다."

선생님은 아주 심각한 목소리로 경고했다.

"이렇게 형성된 정체성은 일생 동안 너희를 계속 따라다니게 될 거야."

"그게 뭐 잘못된 거예요?"

앨리스와 카트야의 앞줄에 앉아 있던 케빈이 질문을 던졌다.

"말하자면……"

튀센 선생님은 잠시 말을 끊더니 머리칼을 손으로 쓸어 넘긴 다음 목에다 손을 짚었다. 뭔가 생각을 정리하는 듯했다. 이윽고 선생님이 입을 열었다.

"요즘 대부분의 젊은 세대는 개인정보를 지나치게 자유롭게 다

루는 것 같아. 개인적 영역과 공적인 영역 사이의 경계가 모호해
지고 있다고나 할까. 그런데 그게 항상 좋은 것만은 아니야. 어떤
경우엔 위험할 수도 있지."

앨리스는 선생님의 걱정 어린 경고의 목소리에 반감이 일었다.
마치 자기가 공격받은 것처럼 기분이 나빠졌다.

"그런데 선생님, 어른들은 언제나 우리가 하는 일을 못마땅해하
지 않나요? 어른들의 눈에는 우리가 뭘 하든 쓸모없고 위험한 아
이들로 보일 뿐이죠."

앨리스의 비아냥거리는 말투에는 튀센 선생님의 말에 동의할
수 없다는 의지가 확고하게 담겨 있었다.

"잘 지적했다, 앨리스."

튀센 선생님은 고개를 끄덕였지만 하고 싶은 말은 따로 있는
듯했다.

"네 말도 꼭 틀린 건 아니야. 문제는 바로 거기에 있지. 어린 청
소년들에게 조언을 해줘야 할 어른들이 상상을 초월하는 인터넷
세상의 일들에 대해서는 너무 무지하다고나 할까."

앞줄에 앉은 카롤린이 낄낄거리며 한마디 했다.

"어른들이 뭘 알겠어? 그냥 무슨 일이 일어나는지 아무것도 모
르고 사는 게 백번 나아."

"카롤린!"

튀센 선생님이 갑자기 목소리를 높였다.

"이게 그렇게 우스운 주제로 보이니? 네 말을 들으니 청소년들의 인터넷 사용이 얼마나 위험한지, 또 그걸 토론해보는 것이 얼마나 중요한지를 새삼 깨닫게 되는구나."

카롤린은 머쓱해져서 어깨를 한 번 들먹였다. 그러곤 옆자리에 앉은 아이한테 뭐라고 소곤거렸다.

"내 수업이 흥미 없는 사람은 뒷문으로 나가도 좋다."

순간 교실 안이 싸늘해지면서 팽팽한 침묵이 감돌았다. 말 한번 잘못했다가는 지뢰를 밟게 될 것 같은 분위기를 다들 느끼고 있었다.

"그런 게 아니에요."

고개를 잔뜩 움츠린 카롤린이 거의 울상이 되어 기어들어가는 목소리로 대답했다.

심술궂은 선생님에게서 꾸중을 듣는 건 그럴 수 있다. 그렇지만 지금까지 교사의 권위를 내세워 학생들을 닦달하는 일도 없고 오히려 그런 행동을 혐오해 마지않던 분이 아니던가. 그런 쿨한 신세대 선생님이라면 얘기가 다르다. 아이들은 모두들 충격이 큰 모양이었다. 쉽게 마음에서 지워버릴 수 없는 상처를 받은 듯한 얼굴이었다.

아무튼 수업은 짧고 날카로운 선생님의 설교와 함께 누구도 감히 반론을 제기할 수 없는 분위기 속에서 끝이 났다.

"내가 하고 싶은 말은, 이 세상엔 너희들이 성장하는 과정에서 개인적으로 남긴 글이나 기록을 이용하려는 사람들이 있다는 거야. 그러니까 나중에 골칫거리가 될 수 있는 글이나 사진 혹은 영상을 인터넷에 올리지 않도록 주의하라는 거지."

그렇게 이야기가 마무리되나 싶었는데, 선생님의 마지막 말이 앨리스의 몸속 피를 얼어붙게 했다.

"한마디만 더 하면, 성난 곰이나 작은 양아치 혹은 질주하는 리타 같은 인터넷 닉네임들이 너희들의 명예를 보호해줄 거라는 기대는 버리는 게 좋을 거다."

앨리스는 숨이 멎는 것 같았다. 튀센 선생님의 눈빛이 바늘처럼 자기 몸에 꽂히는 게 느껴졌다. 앨리스는 아무렇지 않은 듯 냉소를 지으며 응수하고 싶었지만 도저히 그럴 수가 없었다. 결국 눈을 내리깐 채 수업이 끝나기만을 기다렸다.

선생님이 교실을 나가기가 무섭게 교실 안이 시장 바닥처럼 시끌벅적해졌다.

"야, 진짜, 튀센 선생님 완전 밥맛이야, 그치?"

보통 때라면 제바스티안의 일그러진 얼굴 표정과 절묘하게 어울리는 코맹맹이 소리는 당장 조롱거리가 되거나 블로그에 놀림 감으로 올랐겠지만 오늘만큼은 달랐다. 앨리스는 그 애가 하는 말에 완전히 동감했다.

"혹시 뭔가 기분이 상하신 건 아닐까? 인터넷 상에서 말이야."

평소 존경해온 선생님을 변호하려는 듯 주잔나가 나섰다.

"닉네임 때문에 기분 상하신 거라면 앞으론 나체 사진을 인터넷에 올릴 때 수컷 마르코란 닉네임 말고 실명을 써야겠네."

아르네가 킬킬거리며 아무렇게나 지껄였다.

앨리스도 웃지 않고는 배길 수가 없었다.

카트야가 짐짓 심각한 목소리로 입을 열었다.

"아니면 인터넷 뱅킹을 하다가 해킹을 당했을지도 모르지. 피싱메일 같은 거 있잖아."

몇몇 아이들이 고개를 끄덕였고 또 몇몇은 이런저런 이유들을 갖다 붙이기도 했다. 아무튼 튀센 선생님이 아이들에게 오늘처럼 깐깐하고 야멸찬 모습을 보인 적은 한 번도 없었다.

앨리스도 한마디 하지 않을 수가 없었다.

"어쨌든 튀센 선생님 때문에 온라인 수다방이 꽤나 떠들썩해지게 생겼어. 오늘 수업이 정말로 인터넷 사용의 위험을 일깨우려는 취지였다면 내 생각엔 정반대 효과가 날 것 같은데? 게다가……"

앨리스는 숨이 차는지 잠시 쉬었다 말을 이었다.

"난 인터넷에서 나 자신에 대해 할 말 안 할 말 정도는 구분할 줄 안다구."

"흠, 너야 그렇지만 과연 질주하는 리타도 그럴까?"

잘로메가 끼어들며 툭 던졌다.

앨리스는 무슨 뜻이냐는 듯 어깨를 으쓱했다.

"글쎄. 그걸 왜 나한테 물어보니?"

잘로메가 퉁명스럽게 대꾸했다.

앨리스는 잘로메를 빤히 쏘아보며 입을 삐죽이고 돌아섰다. 대화는 그것으로 끝이었다. 하지만 집에 가서 질주하는 리타 블로그에 올릴 글을 읽으면서 앨리스는 다시 한 번 잘로메가 했던 말을 떠올렸다.

*

앨리스는 글 등록이라고 쓰인 네모칸을 한참 동안 내려다봤다. 이윽고 결심이 선 듯 집게손가락으로 마우스 왼쪽 버튼을 힘껏 클릭했다.

"자, 이제 세상으로 나가렴."

앨리스는 입술을 삐죽 내밀며 말했다.

"순진한 디지털 원주민이라고? 나참 어이가 없네."

❝ 4장 ❞
그의 분노

그는 노트북을 켜고 인터넷을 시작했다. 저녁 내내 컴퓨터 근처에 얼씬도 못하다가 이제야 겨우 시간이 났다. 자질구레하고 하찮은 일들에 둘러싸여 컴퓨터에 앉을 시간이 없었다는 사실에 새삼 분노가 차올랐다.

그는 이메일 계정에 로그인 한 뒤 편지가 왔나 살펴봤다.

광고뿐이었다. 광고는 점점 더 극성을 부리고 있었다. 스팸메일 함에는 아프리카 변호사로부터 존재조차 모르는 고모할아버지가 그에게 300만 달러의 유산을 남겼다는 기쁜 소식을 전하는 메일이 와 있었다. 또 네덜란드 복권회사에서 보낸 메일을 보니 25만 유로짜리 복권에 당첨되었다는 내용이었다.

"미친놈들!"

그는 신경질적인 목소리로 내뱉었다.

"온통 사기꾼, 범죄자들이 판을 치는 세상이야."

그는 두 개의 메일을 체크하고 삭제 버튼을 눌렀다. 이어서 로그아웃 한 다음, 질주하는 리타의 학교 블로그를 열었다.

흥분과 긴장으로 숨이 막혔다. 그는 블로그의 헤드라인을 읽은 다음 무언가를 찾아 부지런히 눈알을 굴렸다.

나한테 하려는 얘기가 어딘가에 있을 텐데. 은밀한 메시지를 글 속에 숨겨두지 않았을까? 비밀스러운 암호나 글귀로 차마 말할 수 없었던 것들을 글 속에 표현해놓지 않았을까?

아니었다. 미스터 아이스가 얼마나 역겨운 선생님인지에 대해서만 잔뜩 적혀 있었다. 전혀 새로운 내용이 아니었다. 그녀가 미스터 아이스를 어떻게 생각하는지는 그도 너무나 잘 알고 있었다.

근데 이건 뭐지?

그는 노트북 화면에서 눈을 떼지 못하고 집게손가락을 마우스에 댄 채 한동안 멍하니 있었다. 그러다가 식식거리며 그 속의 한 단어를 미친 듯이 눌러댔다.

슈퍼맨?

대체 뭐야?

날 놀리는 건가?

슈퍼맨이라니, 대체 무슨 생각으로 이러는 거지?

그녀도 다른 여자애들과 똑같은 애였어?

그는 천천히 손을 내리고 다시 한 번 블로그의 글 내용을 읽어 내려갔다.

읽을수록 울화통이 터지고 속이 뒤집혔다. 무엇보다도 깊은 절망감이 그의 온몸을 휘감았다. 그는 자신이 모든 장애물을 뛰어넘고 결승점을 향해 달려가는 장애물 경주 선수라고 상상했다. 시상대 위에 올라서 있는 자신의 모습을 그리면서. 그런데 결승점을 밟는 순간, 어디선가 수천수만 개의 장애물이 눈앞에 쫙 펼쳐진 것이다.

그는 이를 갈았다. 자신을 현관 깔개만도 못한 취급 한 것에 대한 분노가 모락모락 피어올랐다. 말도 안 되는 우스꽝스러운 영웅과 자신을 비교함으로써 공개적으로 망신을 준 것이다.

정말 비열하고 앙큼하지 않은가! 홧김에 속에서 나오는 대로 모진 막말을 담아 댓글을 올릴까 하는 생각이 들었다. 하지만 그럴 수는 없었다. 한순간에 일을 망치고 싶지 않다면 침착해야 한다는 걸 그도 모르지 않았다.

별수 없이 화를 삭이는 수밖에는 없었다. 어쨌거나 지금은 아니었다.

" 5장 "
슈퍼맨

    화요일은 첫 수업이 2교시부터 있었다. 하지만 앨리스는 8시 30분쯤 일찌감치 집을 나섰다. 좁은 인도를 따라 내려가 길을 건넌 후, 어제 길바닥에 쓰러진 남자를 만났던 바로 그 지점에 도착했다.

    그곳을 지난 앨리스는 어느 집 담장에 기대어 막다른 골목길을 돌아봤다. 지붕 위로 부옇게 퍼지는 햇살 속에서 앨리스는 깊은 생각에 잠겼다.

    다친 남자는 어떻게 됐을까? 웃기는 일이다. 모르는 사람인 데다 도움을 준 것도 없으면서 걱정을 하다니. 앨리스는 자신의 그런 마음을 설명하기가 어려웠다. 묘하고 혼란스러운 감정이 그녀의 내면에서 들끓고 있었다. 하지만 그것이 정확하게 무엇인지는 알 수가 없었다.

이런저런 생각을 하며 서성거리던 앨리스는 어느 틈에 자기가 다시 좁은 골목에 서 있는 걸 발견했다. 문득 쓰러진 남자에게 재킷을 덮어주던 젊은 남자의 환영을 본 듯했다.

가슴속에서 무엇인가가 치밀어 올라 그녀의 마음을 흔들었다. 눈을 감자 그 남자의 모습이 더욱 선명하게 떠올랐다.

그 젊은 남자의 모습이 자꾸만 앨리스의 마음을 불편하게 했다. 함께 있었던 시간이라야 채 10분도 되지 않는데 말이다.

하지만 앨리스는 그 남자의 모습에서 왠지 불길한 기운을 느꼈다. 어쩌면 그의 체구가 위압감을 줬을 수도 있다. 보디빌더처럼 굉장히 튼튼한 체격이었으니까. 왜 그런 불편한 느낌이 드는지 딱 꼬집어 말하기는 어려웠지만 생각만 해도 어쩐지 온몸이 움츠러들었다. 게다가 내 이름을 부른 걸로 봐서 그 남자가 이전부터 나를 알고 있었다는 생각에 더욱 불안감을 떨칠 수가 없었다.

어디서 그 남자를 봤지? 열심히 머리를 쥐어짜봤지만 도무지 생각이 나지 않았다.

앨리스는 눈을 뜨고 담장에서 몸을 떼어 바로 섰다.

불쌍한 것, 환각에 시달리다니. 앨리스는 한심하다는 듯 이마를 툭툭 치며 학교 방향으로 성큼성큼 걸음을 옮겼다. 그 남자는 분명히 같은 학교에 다니는 학생 중 한 명일 거다. 솔 남매 김나지움에 다니는 학생 수가 1,200명이나 되니 앨리스가 알아보지 못하는 게 당연하다.

하지만 학생이라고 하기엔 좀 늙어 보이지 않나? 앨리스의 마음 속에서 의심이 고개를 쳐들었다. 앨리스는 혼란스러운 생각을 내몰기라도 하려는 듯 고개를 세차게 흔들었다. 이게 다 〈루치안〉이라는 소설 때문인지도 모른다. 〈루치안〉은 앨리스가 가장 좋아하는 작가, 이자벨 아베디의 신작이다. 레베카라는 소녀와 그녀의 수호천사 루치안 앨리스의 마법과도 같은 사랑에 홀딱 빠진 나머지 앨리스는 그 책을 네 번이나 읽었다. 553쪽이나 되는 책에 단단히 중독된 것이다.

"어제 그 이상한 남자가 설마 수호천사가 아닐까 생각하는 거야? 제발, 앨리스! 이왕이면 좀 잘생긴 수호천사를 보내주실 것이지."

앨리스는 큰 소리로 말하고는 혼자 웃었다.

*

노란색 학교 건물 앞에는 평소보다 일찍 온 카트야가 초조하게 앨리스를 기다리고 있었다.

"안녕, 귀요미. 정말 멋진 글이었어."

카트야는 활짝 웃으며 앨리스의 뺨에 뽀뽀했다.

"근데 슈퍼맨은 누구야? 네가 지어낸 거야, 아니면 실제 인물이야?"

앨리스는 손을 내저으며 아니라고 했다.

"어제 크루거 카페에서 너한테 얘기했잖아."

앨리스는 무뚝뚝하게 대꾸했다. 이상하게도 카트야한테 그 남자에 대해 얘기하고 싶은 마음이 생기지 않았다.

카트야는 코를 찡그렸다.

"뭐? 어제 나한테 말했다고? 부상당한 아저씨 얘기, 네가 겁이 나서 멍하니 서 있는데 누군가 앰뷸런스를 불러서 그 아저씨를 데려갔다는 얘기뿐이었잖아."

"별로 중요한 얘기도 아니어서 그랬지. 요란 좀 떨지 마."

앨리스는 애써 관심이 없는 척 담담하게 말했다.

"요란을 떠는 게 아냐. 그 남자가 질주하는 리타한테 강한 인상을 남긴 것 같던데, 그렇지 않니?"

카트야는 재미있다는 듯 앨리스의 눈을 빤히 들여다봤다.

"응? 나한테 말해봐."

앨리스는 숨을 깊이 들이마셨다.

"별로 할 말 없다니까. 그냥 재미를 위해 꾸며낸 거야. 맨날 미스터 아이스나 다른 선생님들 놀려 먹는 것도 이젠 좀 지겹잖아."

"그러니까 신비한 슈퍼맨이 상상의 인물이라고? 질주하는 리타의 환상 속에만 존재하는 인물이라는 거야?"

카트야는 집요하게 캐물었다.

"그래, 그렇다니까."

앨리스는 이를 악물며 말했다. 앨리스는 원래 거짓말을 잘 못하지만, 그 남자에게서 받은 묘한 느낌을 카트야한테 어떻게 표현해야 할지도 알 수 없었다.

"뭐, 사실이 그렇다면야."

카트야는 미심쩍은 듯 한숨을 쉬었다. 그러곤 다시 입을 열었다.

"근데 말이야, 어제저녁에 우연히 우리 부모님이랑 얘기를 나눴거든. 부모님 생각에, 로자 선생님이 내 성적에 대해 한 말씀은 그냥 해본 소리일 거래. 그 말 듣고 얼마나 안심했는지 몰라. 사실 난 부모님이 난리를 칠 거라고 예상했거든."

카트야가 더 이상 슈퍼맨에 대해 묻지 않자 앨리스는 속으로 안도의 한숨을 내쉬었다.

"맞아. 로자 선생님이 갑자기 왜 그러는지 궁금해. 게다가 튀센 선생님도 요새 너무 오버하지 않니? 지난 사회시간에 인터넷 얘기는 진짜 심했어."

카트야도 고개를 끄덕였다.

"아마 크리스마스 방학하고 학기말 보고서 때문에 다들 예민해졌나 보지."

앨리스는 미소를 지었다.

"그럴 수도 있겠다. 필요 이상으로 예민하게 굴 때지."

이기죽거리던 앨리스의 말투가 갑자기 진지해졌다.

"카트야, 학기말 성적을 너무 심각하게 받아들이진 마. 여름까지 시간이 있으니까 못해도 4점 정도는 올릴 수 있을 거야. 네가 원하면 내가 수학 공부하는 거 도와줄게. 물리는 레나르트한테 도와달라고 하면 되겠다."

카트야는 고개를 내저었다.

"고맙긴 하지만 필요 없어. 엄마가 다음 주부터 시작되는 스터디 그룹에 등록시켜줬어. 작년에 우리 언니도 그 덕분에 성적이 좀 올랐거든."

"그래? 수업료가 만만치 않을 텐데."

"뭐, 요새는 부모의 지갑 두께에 따라 교육의 질이 달라진다는 말도 있잖아……."

앨리스는 고개를 끄덕이며 맞장구를 쳤다.

"우리 엄마도 그런 말 하시더라. 근데 사실은……."

카트야가 뭔가를 뚫어지게 쳐다보는 걸 보고 앨리스는 하던 말을 멈췄다.

"왜 그래?"

카트야는 조심스럽게 눈짓을 하며 중얼거렸다.

"누가 우릴 보고 있어."

앨리스가 돌아보려 하자 카트야는 얼른 앨리스의 손을 끌어당기며 소리 낮춰 말했다.

"안 돼. 그럼 우리가 눈치챘다는 걸 들키잖아."

앨리스는 카트야한테 몸을 바싹 갖다 대고 소곤거렸다.

"누구 말이야?"

"에드가."

기분이 싹 나빠진 앨리스는 신음소리를 내며 눈을 굴렸다.

"또 걔구나. 걘 요새 왜 이렇게 내 신경을 긁어댄다니."

갑자기 카트야가 웃음을 터트렸다.

"내 생각엔 에드가가 너한테 완전 반한 것 같던데?"

"뭔 소리야!" 앨리스는 정색을 하며 소리쳤다. "걔는 아마 자기 자신 빼고는 아무한테도 반하지 않을걸."

카트야가 앨리스의 팔뚝을 세게 꼬집었다. 앨리스의 입에서 비명이 새어나왔다.

"쉿, 조용히 해." 카트야가 낮게 소리 질렀다. "이쪽으로 오고 있어."

"그럼 우리도 얼른 가자."

앨리스는 서둘러 자리를 뜨려고 했다. 그런데 그 순간 에드가의 목소리가 바로 등 뒤에서 들려왔다. 앨리스는 얼어붙은 듯 고개를 돌려 에드가를 바라봤다.

"아, 여기 발 빠른 여기자님이 계시네?"

에드가는 짓궂은 표정을 지으며 앨리스를 놀려댔다.

"이제부턴 로이스 레인(영화 〈슈퍼맨〉에 나오는 여기자:옮긴이)이라고 불러드릴까?"

앨리스는 입을 삐죽 내밀면서 쏘아붙였다.

"그게 그렇게 재밌으면 맘대로 부르시든가."

그러자 에드가가 활짝 웃었다. 입술 사이로 할리우드표 하얀 이가 가지런히 드러났다.

"앨리스, 너 그거 알아? 나를 행복하게 만들어줄 수 있는 건 따로 있어."

에드가는 앨리스의 눈을 빤히 쳐다보며 말했다.

앨리스는 관심 없다는 듯 어깨를 으쓱했다.

"안됐지만 그게 뭔지 전혀 궁금하지 않거든!"

에드가의 얼굴에서 웃음기가 사라지며 풀죽은 목소리가 새어나왔다.

"그러게, 그거 정말 안됐네……."

앨리스는 약간 짜증스러운 목소리로 말했다.

"됐어. 우린 안으로 들어가야겠어. 카트야, 얼른 가자."

그러면서 넋을 놓고 있는 카트야의 손을 잡아당겼다.

건물 현관으로 몇 발짝 들어서기도 전에 앨리스는 카트야를 곁눈으로 보며 말했다.

"에드가가 따라오니? 눈치채지 않게 한번 살짝 돌아봐."

카트야가 어깨 너머로 흘긋 시선을 돌렸다.

"아니, 안 보이는데."

잠시 동안 둘은 가만히 있었다. 그러다 앨리스가 먼저 피식 웃음을 터트리더니 이내 큰 소리로 웃기 시작했다. 카트야도 더 이상 참지 못하고 큰 소리로 깔깔댔다.

두 소녀는 큰 소리로 웃어대면서 C구역 쪽으로 사라졌다. 현관문 앞에 잠시 멈춰 서서 그녀들을 지켜보던 에드가의 어깨가 축 처졌다. 에드가는 일그러진 표정으로 중얼거렸다.

"기분 정말 꽝이야……."

" 6장 "
누군가 나를 지켜보고 있다

현관문을 여는 순간, 이상하게 적막감이 그녀를 휘감았다. 현관
문을 닫기 전 앨리스는 잠시 무슨 소리가 들리지 않나 싶어 가만
히 귀를 기울였다.

현관 옆 옷걸이에 걸려 있어야 할 로빈의 재킷이 보이지 않았
다. 초록색 용이 그려진 스포츠 가방은 그대로 있었고, 야구모자
와 아무리 더운 여름날에도 어김없이 목에 두르고 다니는 하노버
96(독일의 프로 축구팀:옮긴이) 스카프도 보였다. 뭔가 이상했다.

"엄마! 로빈! 어디 있어?"

집 안에 아무도 없는 모양이었다. 무거운 침묵만이 감돌았다.

"이상하네……."

앨리스는 가방을 내려놓고 재킷을 벗어 옷장 안에 걸었다. 그리
고 로빈의 방으로 가서 잠시 머뭇거리다 문을 열고 들어갔다.

방 안에는 로빈이 좋아하는 플레이모빌 조립 부품들만 잔뜩 널려 있을 뿐 로빈의 흔적은 아무 데도 없었다.

한숨을 쉬며 앨리스는 문을 닫고 거실로 나왔다.

거기에도 로빈과 엄마는 없었다.

아무리 생각해도 뭔가 이상하다는 생각이 들었다.

로빈은 초등학교 2학년이고 하루에 많아야 네 시간 수업밖에 없다. 그래서 항상 앨리스보다 먼저 집에 온다. 조그만 전자기기 회사에서 사무 보조로 일주일에 두 번, 오전에만 일하는 엄마도 마찬가지다.

게다가 엄마는 늘 메모 남기는 걸 좋아한다. 할 말이 있거나 기억해야 할 일이 있을 때면 노란색 메모지에다 이런저런 내용을 적어서 잘 보이도록 옷장 거울 앞에 붙여놓는다. 냉장고에 메모지를 붙여놓을 때도 있었다.

하지만 엄마와 동생이 어디에 있는지를 말해주는 메모는커녕 아무것도 없었다.

"거참 이상하네. 곧 오겠지 뭐."

앨리스는 냉장고에서 스파클링 사과 주스를 꺼내고 과일 바구니에서 귤 몇 개를 집어 들고 방으로 들어갔다.

방 안 공기가 답답했다. 앨리스는 책상 위에 주스 병과 귤을 놓고 창문을 살짝 열었다. 그런 다음 침대 위에 걸터앉아서 통이 좁은 검은색 부츠와 양말을 벗고 방바닥에 굴러다니는 **빨간색** 양말로 갈아 신었다.

그런 뒤 책상 앞에 앉아 컴퓨터를 켰다. 컴퓨터가 부팅될 동안 앨리스는 귤껍질을 깠다.

컴퓨터 암호를 입력하고 아웃룩 프로그램으로 들어가 이메일을 확인했다.

첫 번째는 한 섬유회사에서 온 광고 메일이었다. 앨리스는 한숨을 내쉬며 도대체 이 사람들이 자기 이메일 주소를 어디서 알아낸 건지 생각해봤다. 두 번째는 반 년 전 카트야와 함께 그룹 핑크의 콘서트 티켓을 샀던 에벤팀이라는 온라인 사이트에서 보낸 것이었다. 티켓을 온라인으로 구매한 이후로 거의 일주일에 한 번꼴로 각종 이벤트나 콘서트에 대한 홍보 메일이 날아오곤 한다.

정말 짜증나는 일이었다.

마침 세 번째 메일이 도착했다는 경쾌한 알림 소리가 났다. 앨리스는 새콤한 귤 조각을 입안에 넣으면서 보낸 사람을 확인했다. 카트야였다.

받는사람: Alice.Bandow@netz.de

보낸사람: katja.h@inter.de

제목: 그냥 간단한 편지…

안녕, 내 사랑

오늘 독일어 수업은 정말 끔찍했어. 그렇지? 얼마 전까지만 해도 독일어는 내가 제일 좋아하는 과목이었는데... 미스터 아이스가 수업을 장악한 이후론 우웩... 으윽... 진짜 밥맛이야...

사실 오늘 ICQ에 같이 들어가자고 하려 했는데 아무래도 너랑 수다 떨다 보면 지리 시험 준비를 못 할 거 같아서 그냥 짧은 메일로 끝내려는 거야. 어쩌면 저녁엔 ICQ나 슐러VZ에 들어갈 수도 있을 거야.

아참 완전 다른 얘긴데, 에드가 말이야. 걔 정말 이상하지 않니?

너한테 완전 반한 것 같아. 너만 쳐다보고 있더라니까. 옆에 있는 나한테는 아는 척도 안 하더라구.

그렇지만 걔가 좀 귀여운 건 너도 인정해야 할걸. 아무리 네가 에드가를 멍청하고 원숭이 같은 애라고 비웃어도 말이지. ;-)

아까 네가 면박을 줄 때 걔 모습이 너무 슬퍼 보이더라.

이제 그만 써야겠어. 저녁 준비가 다 됐거든. 엄마가 화내시는 걸 안 보려면. (나 오늘 정말 웃기지? 질주하는 리타에 버금가겠는걸? ;-))

질주하는 리타 얘기가 나와서 하는 말인데, 오늘 뭐라고 쓸지 정말 궁금해...

그치만 지금은 얼른 냠냠 쩝쩝 하고 뭐든 끄적거리며 공부하는 척이라도 해야 돼...

사랑해, 키스×3

추신: 근데 너 그거 알아? 옛날 속담에도 있잖아. 상대한테 못되게 구는 건 사랑하기 때문이라는 게!

앨리스는 손깍지를 껴서 고개를 받친 자세로 모니터를 빤히 들여다봤다.

카트야 말이 맞는 게 아닐까? 문득 그런 생각이 들었다. 그래서 그 애를 만나기만 하면 으르렁거리는지도 몰라. 진짜 그런 거라면… 아니야! 다 헛소리야!

사과 주스 병을 집다가 컵을 챙겨 오지 않았다는 걸 깨달았다. 앨리스는 한숨을 내쉬며 일어서려다가 마음을 바꿔 병째로 입에 대고 한 모금 마셨다.

주스 병을 책상 위에 내려놓은 앨리스는 창문을 닫기 위해 일어섰다. 신선한 공기는 충분히 쐬었고 방이 서서히 차가워지고 있었다.

바로 그때 두 가지 소리가 들렸다. 하나는 현관 쪽에서 들려왔다. 현관문을 열쇠로 여는 듯한 소리였다. 두 번째는 밝고 친숙한 음이었는데, 새 메일이 도착했음을 알리는 소리였다.

앨리스는 잠시 갈등했다. 엄마와 남동생이 집에 온 걸 확인하러 현관으로 가야 할지, 아니면 누가 메일을 보냈는지부터 볼지 결정해야 했다.

앨리스는 일단 메일부터 확인하기로 했다. 현관문을 열고 들어올 사람은 엄마 아니면 남동생일 테니까. 집 열쇠는 앨리스와 아빠 말고는 두 사람밖에 가진 사람이 없다. 하지만 아빠는 절대로 6시 이전에는 집에 오지 않는다.

편지함을 보는 앨리스의 가슴이 두근거렸다. 앨리스는 심호흡을 하면서 편지함을 열었다.

받는사람: Alice.Bandow@netz.de

보낸사람: jared@mail.de

제목:

http://www.mymo.com/legend!o=guSfhC8vmBU

난 너의 모든 것에 대해 알고 있어!

야레드

순간 숨이 컥 막혔다. 목에 돌멩이가 걸린 기분이었다.

현관문 쪽에서 목소리가 들렸다. 흥분한 듯 시끄럽게 떠드는 소리와 부드럽게 달래는 목소리가 한데 섞여 있었다.

앨리스는 신경이 곤두섰다.

대체 야레드가 누구지? 나한테 원하는 게 뭐야?

하지만 앨리스의 생각은 곧 벽에 부딪히고 말았다.

"앨리스? 너 집에 있니?"

엄마의 목소리였다.

하지만 앨리스는 대답도 못 한 채 최면에 걸린 것처럼 모니터만 응시하고 있었다.

문이 슬며시 열리고 그 사이로 엄마가 고개를 들이밀었다.

"아, 너 여기 있었구나. 로빈이 친구랑 가벼운 다툼이 있어서 해결하느라고 좀 늦었어. 시간이 이렇게 된 것도 몰랐네."

엄마는 다시 돌아서서 목소리를 죽여 말했다.

"로빈의 기분이 최악이야. 네가 기분 좀 풀어주는 게 어때?"

"내가 왜?"

앨리스는 무덤덤하게 말했다.

엄마는 실망감을 감추려고 애쓰면서 고개를 천천히 내저었다.

"사이버 친구가 진짜 동생보다 더 중요하다니 정말 애석하구나……."

엄마의 목소리에 비난의 기색은 엿보이지 않았다. 그럼에도 불구하고 앨리스의 안색은 금방 변했다.

"아니, 그게 아니고……"

앨리스는 잠시 멈췄다가 말을 이었다.

"급히 처리해야 할 일이 있어서. 조금 있다 로빈하고 얘기할게."

엄마는 고개를 끄덕이면서 미소를 지었다.

"난 부엌으로 가서 저녁 준비 해야겠다."

엄마가 나가자 앨리스는 다시 혼자가 되었다. 목구멍에 걸려 있던 돌멩이가 어느 틈에 뱃속으로 들어가 점점 커져서 바윗덩어리로 된 느낌이었다.

"자, 진정하자……."

앨리스는 애써 마음을 다잡았다. 그러곤 오른손을 뻗어 마우스를 쥐고 커서를 링크 주소에 올린 뒤 마우스 왼쪽 버튼을 눌렀다.

곧 페이지가 링크 주소로 넘어갔다. 앨리스는 긴장하며 모니터를 바라봤다.

나한테 무슨 일이 생기는 걸까? 뭘 보게 되는 거지? 왜 갑자기 섬뜩한 생각이 드는 거지?

온갖 상상 속에서 비디오가 돌아가기 시작했다. 그런데 앨리스의 눈앞에 나타난 것은 꿈에도 상상해보지 못한 장면이었다.

방이었다. 책상 위에 조그만 램프가 켜져 있었다. 그 옆에 컴퓨터가 놓여 있고 그 뒤에 의자가 보였다. 의자에는 카메라를 등지고 짙은 색 머리칼의 소녀가 앉아 있었다. 긴 머리가 소녀의 좁은 어깨를 외투처럼 감싸고 있었다……

내 어깨야. 내 머리칼, 내 컴퓨터, 내 책상, 그리고 램프… 내 방이야.

앨리스는 다시 키보드를 눌러봤다. 그리고 여러 번 마우스를 눌렀다. 화면은 그것으로 끝이 났다.

하지만 앨리스의 뱃속에 들어 있던 커다란 바위가 산으로 변하기엔 그것으로도 충분했다.

앨리스는 자리에서 벌떡 일어나 창가로 갔다. 두려움 때문에 몸이 부들부들 떨렸다. 지금도 누군가 자기를 지켜보며 영상을 찍고 있는 것처럼 느껴졌다.

하지만 아무도 없었다. 위험할 정도로 창문에 바짝 붙어 날아가는 새 한 마리 말고는.

그 남자가 저기서 나를 찍은 게 틀림없어. 그 남자라니? 어째서 그런 일을 저지른 자가 그 남자라고 생각하는 거지?

자기를 야레드라고 부르니까!

바로 그거였다! 강한 아드레날린이 온몸을 휘감아 도는 게 느껴졌다. 앨리스는 방문을 박차고 밖으로 뛰어나갔다.

" 7장 "
빨강양말 소녀

그는 몸을 앞으로 숙였다. 그러다가 그녀가 오는 걸 봤다. 재빨리 집 뒤로 숨으려 했지만 다행히 그녀는 그가 있는 쪽은 눈길도 주지 않았기 때문에 그는 그대로 가만히 있기로 했다.

자기 쪽으로 얼굴을 돌리지 않았지만 그는 새삼 그녀가 얼마나 아름다운지 깨달았다. 사실 그녀의 얼굴을 들여다볼 필요도 없었다. 그는 영혼 깊숙이 그녀의 아름다움을 느낄 수 있었다.

그녀는 누가 쫓아오기라도 하는 것처럼 거리를 질주하고 있었다. 문득 그녀가 신발도 신지 않고 있다는 사실을 그는 깨달았다.

대신에 양말이 눈에 들어왔다. 인터넷 프로필에 그녀가 여러 차례 소개한 적이 있는 낡은 빨간색 양말이었다. 그녀가 귀여운 아기였을 때부터 할머니가 해마다 크리스마스 선물로 직접 떠주셨다는 양말.

그녀의 아기 적 모습을 상상하자 온몸에 전율이 흘렀다. 굳이 상상할 필요도 없었다. 블로그에서 사랑스러운 그녀의 아기 때 모습을 담은 사진을 꽤 여러 장 발견할 수 있었으니까. 사진을 인터넷에 올린 사람은 그녀 자신이었다. 또 언제 빨강양말을 신는지, 그 비밀을 직접 털어놓은 것도 그녀였다. 그건 뭔가 마음의 안정이 필요할 때였다.

그런데 어째서 지금 그 양말을 신고 거리를 내달리는 것일까?

그는 심호흡을 했다. 심장이 터져버릴 듯이 두근거리고 있었다. 뭔가 잘못되었다는 걸 그는 감지했다. 그녀는 분명 엄청난 두려움에 휩싸여 있다. 왜? 대체 무엇으로부터 도망치고 있는 것일까?

그는 어금니를 꽉 깨물고 그녀의 이름을 부르고 싶은 충동을 억눌렀다. 침착해야 해. 그는 주먹을 꽉 쥐고 몇 번 벽을 내리쳤다. 벽에서 떨어져 나온 시멘트 조각이 손등을 찔렀다.

그는 고통을 느끼지 못했다. 그의 생각은 오로지 그녀에게 향해 있었다.

부드러운 미소가 그의 얇은 입술에 떠올랐다. 그는 나지막이 탄식했다. 어느새 길 건너편으로 온 그녀가 몇 발짝 앞에서 걷고 있었기 때문이다.

어디에 갔다가 온 것일까? 그녀는 외투도 걸치고 있지 않았다. 초겨울 날씨가 뼛속이 시릴 만큼 추운데도.

그녀는 추운 것도 모르는 것일까? 왜 신발조차 신고 있지 않는 거지? 온갖 질문들이 머릿속을 맴돌면서 그를 혼란 속으로 몰고 갔다. 그는 진저리를 쳤다.

그녀를 따라잡아야 한다.

슈퍼맨. 내가 그녀의 슈퍼맨이 되어야 한다.

기다려, 그녀에게 소리를 지르고 싶었다. 하지만 그가 입을 열기도 전에 그녀가 걸음을 멈췄다.

그녀는 인도 한가운데에 서서 윗몸을 팔로 감싸 안았다. 꽤 떨어져 있었지만 그녀가 온몸을 덜덜 떨고 있는 게 보였다.

무슨 일이지? 왜 신발도 안 신고 있는 거야? 외투는?

그만해! 생각하지 말라고!

머릿속이 복잡해 정신을 잃을 지경이었다. 이러고 있을 게 아니라 당장 뭔가를 해야만 했다.

바로 지금!

그는 더 이상 기다릴 수 없었다. 계획을 바꿔야 한다. 그것도 지금 당장!

그렇지 않으면 그녀는 얼어 죽을 것이다. 그렇게 되도록 놔둘 수 없었다.

그는 벽에서 몸을 떼고 길을 건너 그녀 쪽으로 천천히 다가갔다.

8장

장난인가, 복수인가

두려움이 가라앉자 발가락에서부터 다리 위로 냉기가 스멀스멀 기어올랐다. 그제야 뭔가에 홀리듯 아파트를 뛰쳐나와 달렸던 사실이 떠올랐다. 하지만 어떻게 길을 건너고 집에서 멀리 떨어진 곳까지 왔는지 도무지 생각이 나지 않았다. 정신 차리고 보니 이런 몰골로 거리에 서 있었다. 앨리스는 몸이 덜덜 떨려 두 팔로 윗몸을 끌어안았다. 꼭 추위 때문만은 아니었다. 자꾸만 그 장면이 떠올라 견딜 수가 없었다.

그녀는 책상 앞에 앉아 있었다. 밖은 어두웠다. 하지만 창밖에 서서 그녀를 훔쳐보고 있는 덩치 크고 탄탄한 몸매를 가진 남자의 실루엣이 분명히 화면에 비쳤다. 그녀는 아무것도 모른 채 컴퓨터 앞에 앉아 키보드를 두드려대고 있었다.

앨리스는 사시나무 떨듯 온몸을 떨었다. 머릿속에 떠오른 장면이 너무도 생생해서 미쳐버릴 것만 같았다.

"앨리스!"

등 뒤에서 남자 목소리가 들려왔다.

앨리스는 엉겁결에 돌아보다 비명을 내질렀다.

"긴장 풀어, 앨리스. 난 널 해치지 않아."

그의 목소리는 평소처럼 장난기가 묻어 있었지만 표정만은 그 어느 때보다 진지했다.

"세상에, 에드가!"

앨리스는 공포와 안도가 뒤섞인 목소리로 외쳤다.

에드가는 말없이 앨리스를 바라봤다. 그의 시선이 앨리스의 빨강양말로 향했다.

"미안한데, 앨리스… 기분 나쁘게 하려는 건 아니고… 너, 신발도 안 신고 있다는 거 혹시 아니?"

앨리스의 얼굴이 살짝 붉어졌다. 그녀는 양손을 들어 올렸다가 힘없이 내려뜨렸다.

"나… 나 말이지…….."

그녀는 말을 더듬었다.

외투도 안 입고 빨강양말만 신은 채 인도 한가운데 서서 떨고 있는 이유를 에드가한테 어떻게 설명해야 할지 알 수가 없었다.

사실 뭔가가 머릿속을 번개처럼 스치고 지나갔지만 그녀는 이

내 고개를 저었다. 야레드가 보낸 이메일에 너무 과민반응하고 있는 것인지도 몰라.

그런데 무엇 때문에 그런 짓을 한 거지? 어떤 멍청이가 나를 놀려주려고 한 게 틀림없어. 어떤 미친 남자가 창문 뒤에서 아무것도 모른 채 등 돌리고 앉아 컴퓨터에 빠져 있는 나를 비디오로 찍었다니, 생각만 해도 끔찍하다.

하지만 그런 장난 메일을 받는 사람은 하루에도 수백 명이 넘는다. 사실 그건 못된 장난전화를 받는 것과 다를 바 없다. 사람을 잔뜩 겁나게 한 다음에 그 사람의 반응을 보고 좋아하는 것이다.

사실 범죄라고 할 수는 없었다. 어쩌면 하나의 쇼에 지나지 않는다. 그저 악의 없이 재미로 그런 짓을 한 건지도 모른다. 야레드가 꼭 남자라는 보장도 없고 여자애일 수도 있다. 두 명의 여자애가 작당해서 한 짓일지도 모른다. 누군가 앨리스를 곤경에 빠뜨리고 싶지만 대놓고 할 용기가 없어 그런 짓을 저질렀을 수도 있다.

아니면 질주하는 리타가 곤경에 처하는 걸 보고 싶었거나.

앨리스는 퍼뜩 그런 생각이 들었다.

맞아, 바로 그거야! 리타가 사람들을 놀려대는 걸 보고 아마 누군가 열을 받은 모양이지.

앨리스는 3주 전쯤 학교 블로그에서 질주하는 리타의 놀림감이 됐던 소녀와 카타리나를 떠올렸다.

최근 앨리스가 푹 빠져 있던 책에는 같은 반 친구의 흰색 부츠를 가지고 놀려대는 주인공이 등장한다. 운이 좋았는지, 앨리스는 다음날 똑같은 부츠를 신고 있는 학교 친구 두 명을 만났다. 그래서 이 애들의 부츠에 대해 블로그에 쓰게 된 것이다.

앨리스가 최근에 올린 블로그 글 중 하나는 '흰색 부츠와 편견은 무슨 상관이 있는가'였다. 물론 그녀는 특정인의 이름을 언급한 적이 없었다. 절대로 그렇게 하지 않는 게 그녀의 원칙이었다.

하지만 질주하는 리타의 묘사는 너무나 상세해서 글에 언급된 인물이 누군지를 알아채는 건 식은 죽 먹기였다.

두 소녀도 예외가 아니었다. 그녀들은 다음날 앨리스 앞을 가로막고 씩씩거렸다.

"너도 똑같이 당하는지 안 당하는지 꼭 지켜볼 거야!"

체육관 강당 한가운데에서 소녀가 앨리스한테 쏘아붙였다.

앨리스는 무슨 말인지 모르겠다는 투로 어깨를 으쓱했다.

"글쎄, 너 무슨 얘길 하는 거야?"

"야, 멍청하게 사람 속이는 짓은 이제 그만두는 게 어때? 네가 그 개망나니 리타라는 걸 모르는 사람이 있는 줄 아니?"

"정말? 내가?"

앨리스는 천연덕스럽게 반문했다.

살인적인 하이힐 부츠를 신은 두 소녀는 앨리스를 노려보며 기회가 있으면 꼭 복수해주겠다는 말을 잊지 않았다.

야레드가 바로 걔들일까? 둘이 어디 덤불 사이에 숨어 지켜보며 킬킬거리고 있는 건 아닐까? 걔들이 그럴 만한 이유는 충분하다. 그나저나 독거미한테 물린 것처럼 빨강양말만 신고 집을 뛰쳐나간 꼬락서니가 얼마나 우스워 보였을까?

솔직히 말해 걔들이 앨리스의 버릇을 고쳐놓으려고 그런 짓을 했을 수도 있다. 최근 질주하는 리타의 블로그 내용은 더욱더 신랄해지고 있었다. 좀 더 솔직해지자면 최근 몇 주, 아니 몇 달 동안 질주하는 리타가 한 일이라곤 숄 남매 김나지움의 거의 대부분 학생들과 선생님들을 헐뜯은 것뿐이니까.

곰곰이 생각할수록 야레드일 가능성이 있는 사람들의 명단은 점점 더 늘어만 갔다.

앨리스가 고개를 든 순간 에드가와 눈이 마주쳤다. 앨리스는 숨을 깊이 들이마시고 물었다.

"혹시 네가 야레드니?"

에드가는 무표정하게 앨리스를 바라봤다.

"뭔 소리야?"

"그래… 내가 너한테 못되게 군 건 사실이지."

앨리스는 생각에 잠긴 채 중얼거렸다.

그녀의 목소리가 에드가의 마음 한구석을 건드린 걸까? 갑자기 부드러운 표정이 된 에드가가 평소와는 달리 진지한 태도로 대답했다.

"나도 특별히 잘해준 게 없는데 뭘."

앨리스는 고개를 끄덕였다. 그러곤 뭔가 알아내려는 듯이 에드가의 얼굴을 빤히 쳐다보며 같은 질문을 되풀이했다.

"너, 야레드니?"

에드가는 고개를 저었다.

"난 무슨 말을 하는지 모르겠다. 이 추운 날 외투도 없이 양말 바람으로 덜덜 떨고 다니질 않나, 난데없이 나한테 야레드냐고 다그치질 않나."

순간 에드가가 타고난 배우가 아니라면 정말 아무것도 모르는 거라는 생각이 앨리스의 머리를 스쳐갔다.

에드가가 한 발짝 앞으로 다가오더니 앨리스를 향해 손을 내밀었다. 에드가의 얼굴에는 연민과 함께 왜 이런 정신 나간 짓을 하는지 정말 한심하다는 표정이 복잡하게 섞여 있었다.

앨리스는 자기도 모르게 뒤로 물러났다. 스스로 생각해도 자기 꼬락서니가 한심했다. 하지만 자꾸만 이상한 느낌이 들면서 어쩌면 자기 생각이 맞을지도 모른다는 생각이 들었다.

에드가가 지금 여기 있는 게 우연이 아닌 것만은 확실하다. 어떻게 이걸 우연이라고 할 수 있겠어.

"나… 난 집에 가봐야겠어."

앨리스는 혼잣말처럼 우물거리고 잘 가라는 말도 없이 돌아서서 빠르게 걷기 시작했다.

*

뭔가에 홀린 듯 집을 뛰쳐나왔으니 열쇠를 챙겨 왔을 리 만무했다. 아무도 눈치채지 못하게 집 안으로 들어가 젖은 양말을 벗고 몸을 녹일 방법을 찾아야 했다.

하지만 아무리 생각해도 초인종을 누르는 것밖엔 뾰족한 수가 없었다.

엄마는 놀라서 눈이 튀어 나올 것 같았다.

"대체 어디 갔다 오니?"

앨리스는 얼른 둘러댔다.

"어… 창문 밖으로 뭐가 떨어져서 말이야."

거짓말을 하려니 얼굴이 화끈거렸다. 변명치곤 정말이지 너무 허접했다. 앨리스네 아파트는 일층이고, 앨리스의 방 앞에는 조그마한 테라스가 있어서 창문을 열면 밖으로 나갈 수 있었다.

"테라스로 나가면 되잖아."

엄마는 말을 하고서도 여전히 황당한 눈치였다.

"그냥 저녁 먹기 전에 운동도 할 겸 나갔다 왔어."

앨리스는 어물쩍 다시 거짓말을 했다.

"양말만 신고 말이니?"

"맞아, 신발을 안 신었네. 이제 집에 좀 들어가도 돼? 추워 죽겠단 말이야."

앨리스는 퉁명스럽게 내뱉으며 엄마를 밀치고 집 안으로 들어섰다.

양말이 젖어 발이 얼어붙었는지 도통 감각이 없었다. 앨리스는 엄마가 긴 한숨을 내쉬며 중얼거리는 소리를 들으며 자기 방으로 걸어갔다.

앨리스가 방 안으로 막 들어가려는 순간 엄마가 소리쳤다.

"근데 그게 뭐야?"

앨리스는 마지못해 엄마 쪽으로 고개를 돌렸다.

"그게 뭐냐니?"

"창문에서 떨어진 게 뭐냐고? 네 손엔 아무것도 없는데?"

몇 초 동안 앨리스는 그대로 엄마 품에 뛰어들어 모든 진실을 털어놓고 싶은 충동을 느꼈다. 그러면 엄마는 뜨거운 코코아 한 잔을 타 가지고 와서 그 못된 야레드인지 뭔지 하는 얼간이 때문에 힘들어하는 앨리스의 고민을 즉시 해결해줄 것이다.

앨리스의 엄마는 강인한 사람이었다. 엄마에겐 마음만 먹으면 뭐든 해결할 능력이 있다는 걸 앨리스는 잘 알고 있었다.

엄마는 종종 아빠가 보기엔 바람직하지 않고 너무 지나치다는 생각이 들 정도로 아이들에게 든든한 버팀목이 되어주곤 했다. 그럴 때마다 아빠는 불평을 했다.

"당신이 그러는 게 아이들 인생엔 도움이 안 돼. 애들도 자기 행동에 대해 책임져야 한다는 걸 배워야 한다구."

물론 아빠 말이 백번 옳았다. 따지고 보면 이게 다 앨리스가 자초한 일 아닌가. 엄마는 인터넷 세상의 일에 대해서는 알지 못한다. 게다가 질주하는 리타가 살고 있는 사이버공간에 대해서는 전혀 짐작도 하지 못하고 있을 터였다.

또한 엄마가 아무리 관대한 사람이라 할지라도 가장 중요하게 여기는 건 조화롭고 건강한 삶을 유지하는 것이었다. 만약 자기가 바로 숄 남매 김나지움에 온갖 물의와 파장을 일으키는 질주하는 리타라는 사실을 고백한다면 과연 그래도 너그럽게 이해해줄지, 앨리스는 장담할 수 없었다.

그래, 스스로 이 문제를 헤쳐 나가야 해.

"금박지로 만든 조그만 별인데, 카트야가 오늘 학교에서 나한테 선물로 준 거야. 햇빛에 자세히 들여다보려다가 그만 창문 밖으로 날아가버렸지 뭐야. 밖에 나가 한참 찾았는데 아무 데도 없더라구."

사실 말도 안 되는 변명이었다. 지금까지 앨리스가 둘러댔던 온 갖 희한한 변명 중에 단연 최고 자리를 차지할 것이지만 엄마는 순순히 믿는 눈치였다.

"어머나, 그거 안됐구나. 카트야한테 부탁하면 새로 만들어주지 않을까?"

엄마는 위로하듯 다정한 미소를 지어 보이곤 부엌으로 사라졌다.

앨리스는 등 뒤로 문을 닫고 무너지듯 침대에 쓰러졌다.

"앨리스 반도, 어쩜 그렇게 멍청하니……."

앨리스는 속으로 부르짖었다.

9장

절필 선언

받는사람: katja.h@inter.de

보낸사람: Alice.Bandow@netz.de

제목: 아듀, 질주하는 리타!

안녕, 카트야

메신저에 접속 안 한 거 보니 책을 읽거나 공부를 하는 모양이구나.
아무래도 이게 훨씬 낫다는 생각이 들어. 우리의 은밀한 사이버공
간 속 대화를 누가 엿듣고 있는지도 모르잖아!
너한테 전화로 얘기할까 하다가 이메일을 쓰기로 했어. 글로 쓰는
게 내 느낌을 더 잘 전달할 수 있을 거 같아서 말이야. 근데 이놈의
글 솜씨도 이제 저주처럼 여겨지니 어떡하면 좋니?!
오늘 야레드한테서 또 메일 받았어.

어제 그 메일 받고 첨엔 네가 날 놀리기 위해 보낸 거라고 생각했다고 말했잖아. ☺

넌 아니지만, 분명 누군가 야레드란 이름으로 나한테 메일을 보내고 이상한 짓을 하고 있어.

그 사람은 방 안에 있는 내 모습을 동영상으로 찍기까지 했어. 내 방 창문 밖에 서서 찍은 모양이야. 당연히 깜깜한 어둠 속에 숨어 몰래 그런 짓을 했겠지. 게다가 인터넷에도 동영상을 올렸더라구. 여기 들어가서 봐봐.

http://www.mymoves.com/legend!o=guShhC7vmBU

물론 이건 드라마가 아니야. 길모퉁이에 숨어 있다가 날 납치해서 지하 납골당 같은 데로 끌고 가 몇 년 동안 연모해왔느니 어쩌니 하면서 강제로 결혼식을 올리려는 미친 작자는 아닐 테고… ☺ 어쩌면 질주하는 리타 블로그에 열 받아서 날 혼내주려는 사람의 소행일지도 모르겠어. 처음엔 너무 어이가 없었지만 나 자신을 되돌아보게 하는 계기가 됐지. 질주하는 리타가 그동안 어떻게 했는지도 다시 한 번 돌아보게 되더라구. 오후 내내 지난 몇 달 동안 내가 쓴 블로그 글들을 읽어봤어.

근데 정말 나 자신이 부끄러워지더라. 세상에, 그 많은 글 중에 누군가를 칭찬한 글이 하나도 없더라구. 넌 왜 이런 사실을 한 번도 지적 안 해준 거야?

내가 아무래도 도가 지나친 건 아닌지 걱정이 돼. 카트야, 넌 내 절친이니까 고백할게. 질주하는 리타 글을 읽다 보니 점점 더 리타가 싫어지더라.

리타, 아니 난 어느새 험담꾼이 돼버렸어. 그것도 고상한 척하면서 말이지. 난 내가 쓴 문장과 단어들을 보고 스스로 경탄하곤 했어. 그렇지만 대부분이 악의로 가득 찬 비난을 담은 글이었지. 세상에, 내가 그렇게 사악한 인간이었다니!

게다가 사이버공간의 신랄한 가십 전문 리포터인 리타와 현실의 내가 얼마나 닮아 있는지도 느끼게 됐어.

카트야, 미안하지만 네가 무슨 얘기를 할 건지 다 알아. 지난번에도 한없이 너그러운 미소를 보내줬지.

그렇지만 내 사랑하는 절친아, 이제 그것도 끝이야. 질주하는 리타는 이제 죽었어. 아니 이민을 가버렸어.

2년이라는 시간 동안 참 많은 일이 있었구나.

어쩌면 넌 내가 공연히 부풀려 생각한다고 여길 수도 있겠다. 야레드란 희한한 녀석이 장난 좀 쳤기로서니 당장 블로그를 그만두는 건 좀 심하다고 말이야. 그렇지만 솔직히 말해서 난 야레드한테 고마운 생각까지 들어. 다시 앨리스로 돌아와서 학교에 대한 가십거리 말고 다른 것에 눈 돌릴 수 있게 됐으니까. 반 친구가 신고 있는 우스꽝스런 화이트 부츠가 대체 나랑 무슨 상관이야? 그래도 굳이 뒷담화를 해야겠다면, 뭐 그것도 인간의 본성 중 하나니까 ☺, 나에겐 네가 있잖아. 전교생 앞에서 까발리지 않고 너랑 단둘이만 죽도록 깔깔대고 험담하지 뭐.

네가 여전히 날 사랑해줬으면 좋겠어. 이제 더 이상 숄 남매 김나지움의 유명 인사가 아니더라도 말이야. 아니, 그래서 더 사랑해줄 수 있지 않을까? ☺ ×3

새롭게 태어난 너의 앨리스가

앨리스가 이메일을 보낸 지 정확히 7분 만에 카트야의 답장이 날아왔다. 단 한 줄만 적혀 있었다.

난 항상 네 편이야!

*

둘은 앨리스의 침대에 나란히 걸터앉았다. 카트야가 위로해주듯 팔을 두르고 앨리스의 어깨를 가볍게 주물렀다.

"흥분을 가라앉혀."

91

벌써 몇 번째로 하는 소리인지 모른다.

"나, 괜찮아."

앨리스는 가볍게 대꾸하며 카트야의 품에서 빠져나왔다.

"사실 조금 전만 해도 흥분했었지. 아니, 흥분이란 표현은 좀 그렇고 완전 넋을 잃었다고 하는 게 맞을걸."

앨리스는 쓴웃음을 지었다.

"그나저나 앞으로 에드가 얼굴을 볼 일이 막막해."

앨리스의 목소리는 착잡했다.

카트야가 손을 내저으며 앨리스를 다독거렸다.

"걘 그런 얘길 떠들고 다닐 애가 아니야."

앨리스는 콧방귀를 뀌었다.

"정신 나간 사람처럼 외투도 안 입고 양말 바람으로 벌벌 떨면서 네가 야레드 아니냐고 다그치는 꼴을 보고도 그냥 묻어둘 사람이 어디 있니?"

카트야는 웃음이 터지려는 걸 참을 수 없는 모양이었다.

"미안."

앨리스의 일그러진 표정을 보고 카트야가 우물거렸다.

앨리스는 고개를 흔들며 고통스러운 표정을 지었다.

"진짜, 미안해." 카트야가 울상을 지으며 말했다. "널 놀리다니 내가 좀 심했지?"

하지만 카트야는 앨리스의 일그러진 표정이 웃음을 참지 못해 괴로워하는 표정이라는 걸 알아차렸다.

"요, 앙큼한 것. 언제는 잡아먹을 것 같은 얼굴을 하더니……."

"세상에, 나 완전 멍청이처럼 보였겠지."

앨리스는 깔깔대며 손으로 이마를 쳤다.

카트야도 더 이상 못 참겠다는 듯 큰 소리로 마구 깔깔거렸다. 그리고 숨을 헐떡이면서 덧붙였다.

"내가 그걸 봤어야 했는데!"

한참을 미친 듯이 웃고 난 두 소녀는 다시 정신 차리고 얘기를 나눴다.

"어쨌든 난 그 일이 에드가랑 전혀 무관하다는 생각은 안 들어."

"말도 안 되는 소리!" 카트야가 흥분해서 외쳤다. "걔는 절대로 몰래 숨어 그런 짓 할 애가 아니야."

앨리스는 의심스럽다는 듯 어깨를 들썩했다.

"글쎄, 난 어떻게 생각해야 할지 모르겠어. 그렇지만 내가 뛰쳐나온 바로 그 순간에 개랑 마주쳤다는 게 이상하지 않니? 내가 알기론 걔네 집은 여기서 꽤 먼데 말이야."

카트야는 머리를 흔들며 말했다.

"네가 지금 얼마나 황당한 소리를 하는지 알아? 네 말대로 에드가가 야레드라고 쳐. 자기가 보낸 메일을 읽은 다음 쫓기는 멧돼지처럼 네가 집을 뛰쳐나와 질주할 거라고 설마 걔가 예상했을까? 게다가 걔가 무슨 수로 네가 그 메일을 언제 읽을지 알아내겠니? 그러니까, 아냐. 내 생각엔 네 짐작이 완전 틀렸어!"

앨리스는 다리를 뻗어 발가락을 내려다보며 한숨을 쉬었다.

"그래, 네 말이 맞을지도. 걔가 허풍이 좀 세긴 하지만……."

카트야가 얼른 앨리스의 말을 가로챘다.

"그건 모르지. 걔 아빠가 진짜로 할리우드에서 잘나가는 감독이나 뭐 그 비슷한 사람인지도. 우리가 상상이 안 된다고 해서 걔 말이 다 거짓말이라는 법은 없잖아."

앨리스는 놀라서 눈썹을 추켜올리며 카트야를 빤히 쳐다봤다.

"근데, 혹시 너 에드가 좋아하는 거 아냐?"

그 말에 카트야의 눈이 휘둥그레지며 금세 얼굴이 빨개졌다.

"맹세코 아냐!"

하지만 지나치다 싶을 만큼 목소리가 격앙되어 있었다.

앨리스가 농담 삼아 던진 말에 카트야가 보인 반응은 확실히 자연스럽지 않았다. 웃음은 필요 없이 크고 목소리는 과장되어 있었다.

"뭘, 얼굴 보니까 에드가 좋아하는 게 틀림없는데? 아님 왜 그렇게 걔 편을 드는 건데?"

카트야는 창문 쪽으로 고개를 돌렸다. 금방이라도 창문을 열고 뛰쳐나갈 것 같은 기세였다.

"걔는 나 같은 건 쳐다보지도 않는데 뭘. 에드가는 널 좋아해. 걔한테 난 그저 공기 같은 존재일 뿐이야."

그렇게 말하고 카트야는 고개를 돌려 앨리스를 바라봤다. 눈망울이 어느새 촉촉해져 있었다.

"오, 카트야. 황당한 생각을 하고 있는 건 바로 너야."

카트야는 쑥스러운 듯 미소를 지었다.

"그래, 아무튼 상관없어. 이제 그만 딴 얘기 하자."

"내가 에드가한테 얘기해줄까?"

하지만 앨리스는 말해놓고 금세 후회했다.

대체 뭐가 잘못된 걸까. 왜 갑자기 명치끝이 찔린 듯이 아프지? 카트야가 에드가를 좋아한다는 사실 때문에? 에드가는 카트야에 겐 전혀 관심이 없었다. 눈길 한번 주는 법이 없었다.

혹시 그게 아니라면?

앨리스는 자기가 무슨 생각을 하는지 종잡을 수 없었다. 게다가 카트야한테 그런 멍청한 소리를 할 게 뭐람. 에드가한테 얘기해주겠다니, 대체 뭘?

어… 있잖아, 내 친구 카트야가 널 좋아한대. 근데 불행하게도 나도 널 좀 좋아… 뭐야! 이건 말도 안 돼!

다행히도 카트야는 앨리스의 제안을 거절했다.

"너, 미쳤니? 내가 말했잖아. 이제 그 얘기 그만 하자고."

뭔가 단단히 화가 났을 때면 하는 버릇대로 카트야는 눈을 내리깔면서 말했다.

"경고하는데, 한마디만 더 하면 우린 끝장이야!"

"알았어, 알았어."

앨리스는 달래듯이 말했다. 그러곤 1초 후에 덧붙였다.

"근데 말이야, 네가 잘못 봤어. 에드가는 날 좋아하지 않아. 오히려 날 못 잡아먹어 안달이라니까."

카트야가 때릴 듯이 주먹을 쳐들었다.

"입 닥치시지!"

그러면서 앨리스한테 찡긋 윙크를 날렸다.

" 10장 "
야레드의 세 번째 편지

이튿날 앨리스는 몸살이 났다. 머릿속에서 일곱 난쟁이가 망치질이라도 하는지 골이 윙윙 울렸다. 목이 아파 침을 삼키기도 힘들었고, 온몸이 부서지기라도 할 듯 욱신거렸다.

엄마가 욕실 약품 서랍에서 체온계를 꺼내 왔다.

"요즘 유행하는 독감이 아니어야 할 텐데. 열이 굉장하다더구나."

걱정스러운 얼굴로 엄마가 말했다.

"독감은 무슨!"

앨리스는 쉰 목소리로 내뱉었다. 고개를 흔들자 머리가 지끈거려 절로 신음이 새어나왔다.

"왜 그래?"

"머리가 깨질 것 같아. 죽겠어."

"아무래도 그 H1N1 바이러스인가 보다. 고열에 두통이 심하대. 핑케마이어 의사 선생님께 전화해서 오실 수 있는지 물어봐야겠다."

"내버려둬. 그냥 감기야. 게다가……."

그때 겨드랑이에 끼워둔 체온계가 삐삐 울렸다. 앨리스는 살짝 팔을 들고 체온계를 꺼내 살펴봤다.

"36.5도야. 열은 하나도 없어."

엄마는 체온계를 앨리스의 손에서 빼앗아 다시 한 번 확인하고 고개를 갸웃거렸다.

"이상하네. 눈에 열이 올라 번들거리고 이마도 뜨거운데. 내가 보기엔 넌 분명 열이 있어."

"열은 없다니까. 엄마, 두통약이나 좀 갖다 줘."

앨리스는 만사가 귀찮다는 듯이 말했다.

엄마는 고개를 끄덕이더니 침대에서 일어났다.

"그래. 차도 좀 끓여 와야겠다. 아침밥 먹을래?"

앨리스는 아무것도 먹고 싶지 않았다.

"아니, 차만 마셔도 될 것 같아."

엄마는 다시 고개를 끄덕이고 방을 나갔다.

앨리스는 몸을 살짝 비틀어 침대 옆의 작은 서랍 안에 넣어둔 휴대폰을 꺼냈다. 그러곤 끙끙거리며 다시 똑바로 누웠다. 일곱 난쟁이가 온 힘을 다해 마구 망치질을 해대는 것처럼 머리가 깨질 듯이 아파오기 시작했다.

휴대폰을 꺼낸 건 카트야한테 오늘 학교에 못 간다는 문자 메시지를 보내기 위해서였다.

하지만 앨리스는 카트야와 달리 문자를 찍는 속도가 굉장히 느렸다. 게다가 머리가 지끈거려서 도저히 정신을 집중할 수가 없었다.

결국 앨리스는 문자 보내는 걸 포기하고 카트야의 번호를 찾아서 확인 버튼을 눌렀다.

연결음이 세 번 울린 뒤에 카트야의 졸린 목소리가 들려왔다.

"안녕, 나야! 근데 카트야 너도 아프니?"

"뭐? 아냐, 그냥 좀 피곤해서." 카트야가 웅얼거렸다. "밤새 망할 놈의 야레드가 누군지 인터넷을 휘젓고 다녀서 그래. 나중에 학교에서 다 말해줄게."

"그래? 근데, 내가 전화한 건 바로 그 때문이야. 오늘 학교 못 가거든."

"왜?" 카트야가 살짝 못마땅한 듯한 목소리로 물었다. "설마 그 망할 이메일 땜에 그러는 거야?"

"무슨! 내가 좀 아파. 괴물 같은 두통에다 이글거리는 석탄덩어리를 삼킨 것처럼 목이 아프거든."

"정말?"

카트야는 못 믿겠다는 말투였다.

"그럼. 지금 말하는 것도 너무 힘들어."

"그래, 목소리가 진짜 이상하긴 하다. 전화 연결이 나빠서 소리가 지지직거리는 줄 알았네."

그때 엄마가 쟁반을 들고 방 안으로 들어오다 대뜸 한마디 했다.

"또 그놈의 전화니? 쉬어야 빨리 낫지."

"카트야, 나중에 통화하자. 엄마가 두통을 가라앉힐 뭔가를 들고 오셨어."

엄마의 시선을 피하며 앨리스는 카트야한테 설명했다.

"알았어. 근데 전염되는 건 아니지? 아니면 학교 끝나고 너네 집에 들를게."

"전염되는 건 절대 아닐걸. 나중에 들러. 안녕."

앨리스는 휴대폰을 서랍에 넣었다. 그녀의 시선이 쟁반으로 향했다. 절로 한숨이 나왔다.

"이게 다 뭐야, 엄마?"

"카모마일 차하고 유아용 비스킷, 바나나랑 핫팩, 두통약, 그리고 물 한 잔."

엄마는 마치 무릎에 앉은 아기한테 하듯 하나하나 손으로 짚어가며 설명하기 시작했다.

"난 설사가 난 게 아니야."

100

"그렇지만 요새 독감은 장염 증세도 있대. 로빈네 반 애들도 그런 독감에 여럿 걸렸다더라."

"엄마, 제발 오버 좀 하지 마."

앨리스는 귀찮다는 표정으로 대꾸했다.

엄마가 침대 옆 서랍장 위에 쟁반을 놓더니 앨리스 옆에 앉았다.

"난 그저 네가 걱정돼서 그래."

엄마의 목소리에는 서운한 기색이 묻어 있었다.

앨리스는 얼마 전까지만 하더라도 그 황당한 이메일 얘기를 엄마한테 털어놓을지 말지 고민하고 있었다. 하지만 하마터면 돌이킬 수 없는 실수를 저지를 뻔했다는 생각이 퍼뜩 들었다. 앨리스가 아는 엄마는 경찰을 불러 조사를 시키고도 남을 사람이다. 최악의 경우에는 앞으로 인터넷 채팅을 금지시킬 수도 있다. 엄마는 아이들을 보호하기 위해서라면 그런 일쯤은 거뜬히 해치울 수 있는 사람이다.

게다가 엄마는 앨리스가 인터넷 서핑을 너무 자주 하는 걸 평소에도 못마땅하게 여겨왔다. 야레드의 존재에 대해 알게 되면 그걸 빌미로 수시로 앨리스의 인터넷 활동을 체크하려 들 것이다.

이제 어떻게 해야 할지 분명해졌다. 엄마에겐 절대 입도 뻥긋해서는 안 된다!

앨리스는 엄마가 건네주는 알약을 받고 물컵에 손을 뻗었다. 하지만 엄마가 얼른 물컵을 집어 앨리스한테 내밀었다.

"차는 아직 뜨거우니까 일단 물을 마시고 알약을 삼키렴."

앨리스는 아기 다루듯 하는 엄마의 말투에 짜증이 났다.

"엄마! 난 이제 아기가 아니야."

엄마가 눈을 치켜뜨며 말했다.

"글쎄다… 어젠 꼭 하는 짓이 아기 같던데?"

엄마가 무슨 말을 하는 건지 알아들었지만 앨리스는 모른 척하고 딴청을 부렸다.

"무슨 소리를 하는지 도대체 모르겠네."

엄마는 고개를 절레절레 흔들었다.

"얘, 넌 진짜로 내가 말도 안 되는 네 변명을 믿을 거라 생각했니?"

엄마는 쓴웃음을 지으며 말을 이었다.

"정말 그것 때문에 신발도 안 신고 집 주변을 돌아다녔다고? 뭔가 말 못 할 이유가 있는 거겠지. 아무튼 그게 어떤 결과를 불러올지 난 예상했단다. 봐라, 감기에 걸렸지?"

앨리스는 얼굴이 화끈 달아올라 얼른 고개를 돌렸다. 엄마한테 이런 모습을 들켜서는 안 된다.

"뭐, 아무튼. 잠깐 나갔다 와도 되겠니? 로빈을 학교에 데려다 줘야겠다."

"되고말고." 앨리스는 재빨리 대답했다. "천천히 와도 돼. 난 잠 좀 잘래."

"그래, 그러렴."

엄마는 앨리스의 머리를 쓰다듬고는 한숨을 쉬며 일어났다. 방 문 앞에서 잠시 걸음을 멈추더니 엄마가 앨리스 쪽을 돌아보지도 않은 채 물었다.

"문제가 있다고 해도 나한테 말하지 않을 거지?"

앨리스는 속으로 움찔했다. 오, 하느님, 가끔씩 이 아줌마는 정 말 무서워. 뭔가 낌새를 알아채는 데는 도사라니까.

"무슨 말이야? 문제는 무슨, 난 아무 문제 없어."

앨리스는 엄마가 얼굴을 정면으로 보고 있지 않아서 천만다행 이라고 생각했다.

엄마가 방을 나가자 앨리스는 그제야 로빈이 어떤지 한마디도 물어보지 않았다는 사실을 깨달았다. 어제 저녁을 먹는 내내 로 빈은 몹시 불안해했다. 4학년 남자애가 앞으로 코코아 사먹을 돈 을 상납하지 않으면 두들겨 패겠다고 로빈을 위협했기 때문이다. 처음에는 엄마한테 그 사실을 털어놓을 엄두도 못 냈다. 그렇지 만 엄마가 "오늘 학교 어땠니? 재밌었니?" 하고 묻자마자 로빈은 울음을 터트리며 공갈 협박 사건에 대해 모조리 털어놓았다. 엄마 는 늘 해오던 방식대로 대처했다. 즉각 문제 해결에 나선 것이다.

다시 말해 로빈을 앞세워 그 녀석의 집에 쳐들어가서는 영문을 몰라 하는 녀석의 엄마한테 그녀 아들이 한 못된 행동을 낱낱이 까발림과 동시에 그 행동에 대해 어떤 결과를 감수해야 할 것인지를 설교했다.

결국 녀석은 마지못해 로빈한테 사과했다. 그 애 엄마의 표정을 봐서는 나중에 단단히 혼쭐이 났을 것이다.

사실 로빈이 두려워한 건 바로 그런 상황이었다.

"집에 일러바쳤다고 내일 또 때리면 어떡해?"

"걘 그렇게 못 해, 로빈. 만약 그렇게 했다간 어떤 일이 생길지 너무 잘 알거든."

엄마는 로빈을 진정시키려고 애썼다.

하지만 로빈은 아무래도 마음이 놓이지 않는 눈치였다.

"걔가 어떤 앤데! 분명히 가만있지 않을 거야."

앨리스는 로빈의 두려움을 누구보다 잘 이해했다.

하지만 엄마는 눈 하나 깜짝하지 않았다.

"그런 일을 참고 있으면 안 돼, 로빈. 문제가 생기면 적극적으로 맞서 해결하는 게 최고의 방법이야. 걱정하지 마. 내일 나랑 학교로 가서 너희 선생님께 모든 걸 말씀드리자꾸나."

엄마는 단단히 결심한 듯 선언했다.

글쎄, 그게 말처럼 쉽다면 얼마나 좋을까. 앨리스는 속마음을 차마 입 밖으로 내뱉지는 못했다.

앨리스는 로빈이 학교에 가기 전에 뭔가 격려의 말을 해주려고 했다. 그런데 지독한 두통 때문에 깜박 잊고 만 것이다.

진통제 덕분에 머리 아픈 게 한결 나아지자 비로소 그 생각이 났다. 하지만 로빈은 이미 학교로 떠난 뒤였다.

앨리스는 한숨을 폭 내쉬며 오후에는 로빈이 제일 좋아하는 보드게임을 같이 해주기로 마음먹었다. 로빈이 같이 게임 하자고 졸라댈 때마다 앨리스는 번번이 바쁘다는 핑계로 나중에 하자며 빠져나오곤 했다.

앨리스는 여전히 모든 것들이 혼란스러웠다. 생각이 꼬리에 꼬리를 물고 일어나 머릿속을 미친 듯이 헤집고 다녔다. 문득 카트야와 짧게 통화했던 게 생각났다. 뭐라고 했지? 카트야가 밤새 인터넷을 뒤져 야레드라는 이름으로 이메일을 보낸 자를 추적했다고 했지?

아까는 골이 윙윙 울려 카트야가 한 말을 더 깊이 생각할 여유가 없었는데, 그 일이 얼마나 중요한지에 생각이 미쳤다.

카트야가 야레드의 정체를 알아냈을까?

그걸 물어보지도 않고 그냥 전화를 끊다니. 자꾸만 그 생각을 떨쳐버릴 수가 없었다. 어쩌면 카트야가 밤에 이메일을 보낸 건 아닐까?

그렇다, 자기가 보낸 이메일을 받았냐고 카트야가 물어보지 않았나? 아님 나 혼자 상상한 건가? 앨리스는 사실을 확인하지 않고는 배길 수가 없었다.

앨리스는 담요를 걷어차고 침대에서 벌떡 일어났다. 컴퓨터 전원을 켜고 부팅을 기다리는 동안 스웨터를 걸치고 따뜻한 양말을 신었다.

의자에 앉자 다시 망치로 두드리듯 머릿속이 쿵쿵 울렸다. 너무 허둥댔나? 아님 진통제가 아직 제 효과를 내지 못한 건가? 앨리스는 동작을 최대한 줄이려고 노력하며 컴퓨터에 암호를 넣었다. 그리고 이메일 계정을 열어 편지를 확인했다.

10초 후에 모든 것이 분명해졌다. 카트야한테서 온 편지는 없었고 야레드한테서 다른 편지가 도착해 있었다.

"이런 미친! 완전 사이코 아냐?"

앨리스는 얼굴이 벌게져서 씩씩거렸다. 마음을 다잡고 이메일을 열었다.

아무리 쓰레기 같은 내용을 보게 되더라도 이번엔 절대 동요하지 말아야겠다고 단단히 결심했다.

그렇지만 볼드체의 회색 글씨가 눈앞에 나타나자 그 결심은 와르르 무너지고 말았다. 숨이 컥 막히며 심장이 격렬하게 고동쳤다.

106

받는사람: Alice.Bandow@netz.de

보낸사람: jared@mail.de

제목: 왜???

앨리스,

그 애한테 우리 얘길 했니? 내가 누군지 찾아보라고 말이야. 도대체 왜 그런 짓을 하는 거지? 난 항상 너와 함께 있어. 그걸 넌 느끼지 못하겠니? 나를 못 알아보는 거니? 앨리스, 너 어디를 보고 있는 거야?

기분이 썩 좋지는 않은걸. 왠지 네가 나를 믿지 못한다는 느낌이 들거든. 너를 향한 내 마음을 네가 우습게 여기고 있는 건 아닌가 하는 생각도 들고.

내가 멍청이 같니?

네가 날 조롱하고 있다는 걸 모를 줄 알아?

이제 그런 짓은 당장 그만두고 나를 더 진지하게 받아줬으면 해.

너를 해칠 생각은 손톱만큼도 없어. 그럼 내가 더 괴로울 테니까.

하지만 네가 그런 행동을 계속한다면 난...

선택은 너한테 달려 있어. 지켜볼게.

누구보다 널 사랑하는 야레드

그때 방문 두드리는 소리가 났다. 앨리스는 문득 정신이 돌아오며 소스라치게 놀랐다. 완전히 넋이 나간 채 얼마나 오랫동안 모니터를 뚫어져라 바라보고 있었는지 알 수 없었다.

조심스레 문이 열리며 엄마가 살그머니 고개를 내밀었다. 그러다 앨리스가 컴퓨터 앞에 앉아 있는 걸 보고는 문을 벌컥 열어젖히며 외쳤다.

"세상에, 이럴 수가! 잠든 줄 알고 발소리도 안 내고 조용조용 걸어 다녔는데, 또 컴퓨터 앞에 앉아 있었니?"

"그게… 그러니까… 난……."

앨리스는 창피하고 당황한 나머지 말을 더듬거렸다.

엄마는 허리에 손을 얹고 삐딱한 자세로 앨리스를 노려봤다.

"당장 컴퓨터 끄고 침대에 들어가."

엄마의 목소리는 얼음장처럼 차가웠다.

"아니면 당장 학교에 가든가."

엄마는 손목시계를 들여다보며 내뱉었다.

"어쩌면 3교시엔 들어갈 수 있겠구나."

앨리스는 고개를 세차게 흔들었다.

"엄마, 나 정말 몸이 안 좋아. 그냥 메일만 확인하고 침대에 들어가려던 참이었어."

사실이었다. 앨리스는 단지 카트야가 보낸 편지가 도착했나 확인하려 한 것뿐이었다. 그대신 야레드의 편지를 보게 되었고 그만 충격을 받아 잠시 넋이 나가 있었던 것이다.

"아무래도 넌 컴퓨터 중독 같구나. 방금 그에 관한 기사를 읽었는데 말이야……."

엄마는 천년만년 계속 잔소리를 늘어놓을 기세였다.

"말도 안 돼."

앨리스는 투덜거리며 얼른 컴퓨터를 끄고 침대로 기어들어갔다.

엄마는 방에서 나가지 않고 한동안 물끄러미 앨리스를 바라봤다.

"어쨌든 널 지켜보고 있겠어."

엄마는 그렇게 한마디 못을 박고는 방을 나갔다.

앨리스는 방문을 멍하니 바라보며 생각에 잠겼다. 엄마가 야레드와 똑같은 말을 하고 나간 건 우연일까? 아님 내 머리가 이상해지고 있는 건가?

앨리스는 소리쳐 울고 싶은 걸 참느라 주먹을 쥐고 힘껏 깨물었다.

11장
친구의 짝사랑

"미케가 그러는데, 위조 메일의 경우 진짜 발신인을 찾기는 아주 힘들대."

카트야가 이로 볼펜을 잘근잘근 씹으면서 말했다.

"제발 그 볼펜 좀 내려놓고 얘기해볼래?"

앨리스가 말했다.

카트야는 힐끗 쳐다보더니 잠자코 시키는 대로 했다.

"그래, 그게 어떻게 된 거냐 하면 말이야. 완전 엉터리로 된 정보를 넣어도 이메일 계정을 만드는 데는 아무 지장이 없대. 그래서 보낸 사람의 이름만 갖고는 그 사람의 진짜 정체를 알 수가 없다는 거야. 방법이 딱 하나 있긴 한데……."

앨리스는 손을 들어 카트야의 말을 끊으며 말했다.

"잠깐, 내가 말해볼게. 예를 들어 내가 이메일 주소를 만든다고 치면 비비원숭이나 뭐 그런 이름 중에서 아무거나 골라 입력해도 아무도 내 정체를 모른다는 거지?"

"미케가 그렇게 말했어."

앨리스는 얼굴을 찡그렸다.

"설마 미케한테 나와 관련된 문제란 걸 얘기하진 않았겠지?"

카트야는 짜증스럽게 고개를 저었다.

"대체 날 뭘로 보니? 우리 엄마한테 스팸메일이 하도 날아들어서 견딜 수 없다고 하소연 좀 했지. 대체 어떤 놈들이 그런 쓰레기를 보내는지 알아보고 싶어 한다고 말이야."

앨리스는 볼을 빵빵하게 부풀려 푸 하고 내뿜었다.

"미케가 그 말을 믿는 눈치던?"

아무래도 미심쩍다는 듯한 말투였다.

카트야는 고개를 끄덕였다.

"왜 하필 미케한테 물어본 거야? 카트야 넌 걔랑 별로 안 친하잖아."

"인터넷이나 컴퓨터 쪽엔 개보다 잘 아는 애가 없어."

앨리스는 어깨를 추켜올리며 말했다.

"그건 그래. 혹시 걔가 뭔가 이상하게 생각하는 거 같진 않았니?"

카트야도 푸 하고 숨을 내쉬었다.

"이상하게 생각하기는커녕 오히려 좋아하는 거 같더라. 근데 내가 알아낸 거 듣고 싶은 거니? 아님 그냥 집어치울까?"

카트야의 목소리에 살짝 짜증이 묻어났다.

앨리스는 고개를 움츠리면서 당장 꼬리를 내렸다.

"물론 아니지. 미안."

사실 카트야는 앨리스가 아는 사람 중에서 가장 순하고 상냥한 아이였다. 하지만 일단 화가 났다 하면 절대 건드리지 않는 게 좋은 타입이었다. 10년 동안 사귀면서 앨리스는 그런 일을 수도 없이 겪었다.

카트야는 목청을 가다듬고 앨리스한테 경고의 눈길을 보내며 말했다.

"딱 한 가지 보낸 사람을 알아볼 방법이 있는데, 바로 아이피(IP) 주소를 추적하는 거야. 근데 그게 아주 어렵대. 만약 저속한 내용이나 협박을 가하겠다는 내용이 들어 있다면 경찰에 신고하면 경찰에서 모든 걸 밝혀줄 거래. 그렇지만 너한테 그 방법을 권하고 싶진 않아."

"흐음……."

"왜 흐음이야?"

앨리스의 태도가 마음에 안 든다는 듯 카트야가 물었다.

"아이피 주소가 뭔데?"

"인터넷 연결과 관련 있는 일련번호라나, 뭐라나."

앨리스는 기도하듯 두 손을 모으고 손바닥을 비볐다.

"근데 미케는 뭐래?"

앨리스는 여전히 미심쩍은 말투였다.

카트야는 고개를 끄덕였다.

"미케 말은 굉장히 심각한 문제가 아니면 경찰에 얘기할 필요가 없다는 거야. 사실 야레드한테서 온 이메일을 심각한 걸로 보긴 어려운 것 같아."

앨리스는 입술을 뾰족 내밀었다. 사실 지금이야말로 야레드의 세 번째 이메일에 대해 카트야한테 말할 절호의 기회였다. 하지만 이상하게 선뜻 입이 떨어지지 않았다. 말로 설명하긴 어렵지만 기이하면서도 혼란스러운 내면의 목소리가 자꾸만 앨리스한테 속삭였다. 일단 너 혼자만 알고 있어.

카트야가 앨리스의 방문을 열고 들어온 그 순간부터 둘 사이에는 묘한 긴장감이 흘렀다. 방 안에 흐르는 어색한 공기는 서로의 눈빛을 보고도 알 수 있었지만 둘 다 어떻게 그것을 표현해야 할지 몰랐다.

앨리스는 카트야의 어색한 행동이 혹시 에드가 때문이 아닐까 하고 생각했다. 카트야의 기분은 지나친 활달함과 심각한 우울 사이를 저울추처럼 왔다 갔다 하고 있었다.

모든 것이 평소의 카트야와는 너무나 달랐다. 10년 동안 거의 하루도 빠짐없이 봐왔던 카트야의 모습이 아니었다.

게다가 카트야가 다른 사람도 아닌 미케한테 조언을 받았다는 사실이 왠지 수상쩍었다. 카트야는 평소 미케 헤닝을 끔찍이도 싫어했다. 가끔씩 멍청한 소리를 해대는 미케를 쥐 잡듯 하곤 했다. 평소 같으면 카트야가 미케한테 조언을 구한다는 건 상상도 못할 일이었다. 앨리스는 자신의 직감을 확신했다. 자기가 가장 싫어하는 반 친구한테 조언을 구했을 때는 그만한 이유가 있을 것이다.

그리고 그 이유가 친구인 앨리스를 위해서라기보다 어쩌면 에드가 때문일지도 모른다. 에드가가 결백하다는 걸 반드시 증명하려는 게 아닐까. 맞아. 근데 왜? 에드가한테 잘 보이기 위해? 아니면 에드가의 결백을 증명함으로써 앨리스가 그 애에 대한 오해를 풀고 호감을 갖도록 하기 위해? 여기서 한 가지 의문이 생긴다. 이 모든 노력은 카트야 자신을 위한 것일까, 아니면 절친인 앨리스를 위한 것일까?

앨리스는 카트야한테 직접 물어보기로 했다. 솔직하게 마음을 털어놓으면 두 사람 사이의 긴장이 사라지지 않을까?

앨리스가 막 입을 떼려는 순간 카트야가 먼저 말을 꺼냈다.

"참, 너한테 할 말이 있어."

"뭔데?"

앨리스는 궁금한 얼굴로 카트야를 바라봤다.

"학교에서 너네 집으로 오는 길에 로빈을 봤어."

앨리스는 어깨를 으쓱했다.

"그게 뭐? 로빈네 학교는 우리 학교 맞은편이잖아."

"아니, 그게 아니라……"

카트야는 잠시 망설였다.

"로빈 옆에 남자애 둘이 더 있었어. 근데 한 녀석이 로빈을 붙잡고 다른 녀석은 로빈의 배를 때리고 있더라구."

"뭐?"

앨리스는 몽둥이에 맞은 것처럼 펄쩍 뛰어올랐다.

"네가 아는 애들이야? 그래, 그놈들을 잡았어? 아니, 로빈이 울진 않았니?"

앨리스는 카트야의 두 손을 맞잡으며 다그쳐 물었다.

"제발 너무 흥분하지 마, 앨리스."

카트야는 앨리스를 진정시키며 말을 이었다.

"로빈을 놔주라고 소리 질렀지."

"왜 쫓아가서 녀석들을 혼내주지 않고?"

"그러려고 했지. 근데 난 길 건너편에 있었고, 도로엔 차들이 어찌나 쌩쌩 지나가는지. 간신히 길을 건넜을 땐 벌써 튀고 없었어."

앨리스는 얼굴을 일그러뜨리며 손으로 머리칼을 감싸 쥐었다.

좀처럼 분이 가라앉지 않는지 방 안을 빙빙 돌았다.

"이럴 수가! 로빈이 두려워했던 게 바로 그거라구!"

앨리스는 책꽂이 앞에 멈춰 서서 책들을 빤히 바라봤다. 마치 머릿속에서 윙윙거리며 떠다니는 질문들에 대한 답을 찾기라도 하려는 듯이.

책은 앨리스한테 언제나 위안과 피난처가 되어주었다. 하지만 지금 책꽂이 속의 책들은 차갑고 냉정하게 마치 자기들과는 아무 상관 없다는 듯 앨리스를 내려다보고 있었다.

"그런데도 집에 와서는 아무 말도 하지 않았어."

앨리스는 격한 감정에 휩싸여서 중얼거리며 카트야를 돌아봤다.

"엄마는 아무것도 모르셔. 오늘도 늘 입에 달고 사는 '그래, 오늘 학교는 즐거웠니?' 타령만 했다니까. 로빈은 고개를 끄덕였고 우린 모두 안심했지."

앨리스는 마음이 착잡했다. 우리가 주고받는 일상적인 인사가 실은 얼마나 겉치레에 불과한가. 오늘 즐거웠니? 그래, 그렇다면 다 괜찮은 거지, 애야.

하지만 그렇지 않다. 괜찮은 건 아무것도 없다.

앨리스는 카트야가 놀란 눈으로 자기를 쳐다보는 걸 느꼈다.

"그러니까 그게 오늘이 처음은 아니라는 거니?"

카트야의 물음에 앨리스는 대꾸하지 않았다. 아랫입술을 잘근

잘근 깨물며 침대 가장자리에 걸터앉은 카트야의 옆에 앉았다.

카트야가 앨리스의 어깨에 팔을 둘렀다.

"내 여동생도 가끔 애들한테 괴롭힘을 당했어. 너도 기억나지?"

앨리스는 고개를 끄덕였다.

"기억나. 언젠가 네가 그런 말을 했었지."

"로빈이 오늘 학교 가기 싫다고 했니?"

앨리스는 다시 고개를 끄덕였다.

"아마 이런 일을 예상했겠지. 근데 우리 엄마는……."

앨리스가 말을 마치기도 전에 문을 노크하는 소리가 났다.

"네!"

앨리스는 짜증난 목소리로 소리쳤다. 그리고 낮게 덧붙였다.

"우리가 컴퓨터 앞에 앉아 있지 않나 감시하러 온 엄마일 확률, 100프로야."

"뭐라고?"

카트야가 되물었다. 하지만 앨리스가 설명하기도 전에 문이 열리고 엄마가 방으로 들어왔다.

엄마 손에 들린 쟁반에는 쿠키와 우유 두 잔이 놓여 있었다.

"뭐 좀 먹을 게 필요하지 않나 싶어서."

엄마가 한쪽 눈을 찡긋하며 말했다.

"배 안 고파요."

앨리스는 뾰로통하게 대꾸했다.

엄마는 딸의 퉁명스러운 말투에 개의치 않았다. 쟁반을 앨리스의 책상에 올려놓고 엄마는 두 소녀를 향해 미소를 던졌다.

"훨씬 나아 보이는구나, 앨리스."

카트야가 모녀 사이에 흐르는 숨 막힐 듯한 긴장감에 안절부절못하는데도 앨리스는 고집스럽게 침묵을 지키며 앉아 있었다.

"그렇지 않아도 입이 심심하던 참이었는데, 잘됐네요. 잘 먹겠습니다."

일부러 환한 표정으로 웃으며 카트야는 앨리스 엄마를 쳐다봤다.

"너네 엄마 진짜 친절하시다……."

카트야는 그러면서 팔꿈치로 앨리스 옆구리를 쿡쿡 찔렀다.

"그래, 진짜 끝내주지."

앨리스는 잔뜩 심술이 난 목소리로 대답했다.

그리고 긴 침묵이 이어졌다. 카트야는 불안하게 침대 가장자리에 앉아 몸을 앞뒤로 흔들었고, 앨리스는 마치 처음 보는 듯 자기 손을 뚫어져라 내려다봤다. 엄마는 허공을 빤히 응시했다.

마침내 카트야가 도저히 못 참겠는지 헛기침을 몇 번 하고 일어서서 앨리스의 어깨를 집게손가락으로 톡톡 쳤다.

"찬바람 좀 쐬고 싶다고 했지? 나랑 같이 나갔다 올까?"

앨리스는 그 말에 반색을 했다.

"좋은 생각이야!"

그러곤 벌떡 일어나 옷장으로 달려가 재킷을 꺼내 입기 시작했다. 엄마가 당황한 얼굴로 말했다.

"쿠키랑 우유 좀 먹고 나가렴. 아직 따뜻하단다, 카트야. 방금 전만 해도 먹고 싶다고 하지 않았니?"

"정말 죄송해요, 아줌마. 엄마한테 다섯 시까지는 집에 돌아오겠다고 약속했거든요. 여동생은 치과에 갔고 남동생이 혼자 있는데 아직 어려서 돌봐줘야 해요. 남자애들은 혼자 두면 위험하잖아요."

카트야는 엄마를 붙잡고 계속 떠들었다.

"그리고 앨리스도 신선한 공기를 좀 쐬는 게 좋을 것 같아요. 30분 안에 돌려보낼게요. 갔다 와서 쿠키랑 우유를 먹으면 되지 않을까요?"

앨리스도 힘껏 고개를 끄덕였다.

"글쎄, 정 그렇다면……."

엄마는 어깨를 으쓱하고는 앨리스를 돌아보며 다소 엄한 목소리로 말했다.

"모자도 쓰고 목도리도 단단히 둘러야 해. 바지도 제대로 챙겨 입어야지, 운동복 차림으로 나갈 참이니?"

"요 앞에 나갔다 금방 돌아올 거야. 날이 어두워져서 내가 뭘 입었는지 알아보는 사람도 없을 거고."

앨리스는 감정을 억누르며 대답했다.

엄마는 고개를 저었다.

"무슨 소리야? 넌 지금 아프잖아. 얇은 운동복 안으로 바람이 얼마나 많이 들어오는데."

기분이 상한 앨리스가 뭐라고 대꾸하려고 입을 열었지만 카트야가 더 빨랐다. 카트야가 앨리스의 어깨에 손을 얹더니 재빨리 소곤거렸다.

"얼른 청바지로 갈아입어."

앨리스는 이를 악물며 의자에 걸쳐져 있는 청바지를 운동복 위에 덧입었다.

마침내 집을 나서며 앨리스는 깊은 숨을 들이쉬었다.

"1초만 더 있었다간 엄마한테 덤빌 뻔했어."

"갑자기 왜 그래?"

카트야가 걱정스러운 얼굴로 앨리스를 쳐다봤다.

"엄마랑 사이가 좋은 거 아니었어?"

앨리스는 손을 내저었다.

"나도 몰라. 엄마의 그 만사형통식 태도를 더 이상 못 참겠어."

앨리스는 어깨를 죽 펴더니 카트야 쪽으로 얼굴을 돌리며 갑자기 활기찬 목소리로 말했다.

"자, 이제 얘기 주제를 바꿔보자. 너, 에드가한테 반한 거 맞지?"

어둠 속에서도 카트야의 안색이 변하는 걸 앨리스는 느낄 수 있었다.

"바보 같은 소리 마! 어제 분명히 말했잖아. 인간적으로 좋아하긴 하지만 그 이상은 아니라고. 게다가……"

카트야는 재빨리 덧붙였다.

"걔는 나한테 전혀 관심이 없다니까."

앨리스는 길가의 작은 돌멩이를 발끝으로 이리저리 굴리다가 차도 쪽으로 툭 찼다.

"알아, 넌 걔가 나한테 흠뻑 빠져 있다고 생각하잖아. 하지만 그건 완전 망상이야. 걔가 너한테 관심 없다는 것도 망상이고. 어쩌면 너한테 필요한 건……"

"그만해!" 카트야가 말을 가로막았다. "그 얘긴 더 하고 싶지 않아. 넌 날 본 순간부터 내내 나한테 심술만 부렸어. 난 진심으로 널 도와주려고 온 건데."

앨리스는 알았다는 듯이 두 손을 쳐들었다.

"맞아, 맞아. 아, 오늘은 일진이 사나운 날인가 봐."

하지만 카트야의 얼굴은 여전히 굳어 있었다.

"적어도 너한테 오기 전까진 난 아무 이상 없었어. 더 이상 기분을 망치지 않으려면 오늘은 여기서 그만 너랑 헤어지는 게 좋겠다. 내일 보자."

카트야는 몸을 휙 돌리고는 머리를 꼿꼿이 들고 가버렸다.

앨리스는 카트야를 쫓아가서 달래고 애원을 해서라도 화해하고 싶었다.

그렇지만 목이 잠긴 데다 다리까지 말을 듣지 않았다. 앨리스는 꼼짝 못하고 서서 카트야가 길모퉁이를 돌아 사라질 때까지 멍하니 지켜봤다. 이윽고 그녀는 답답한 가슴을 쓸어내리며 크게 심호흡을 했다.

자, 이제 어떡할 거니?

앨리스는 이러지도 못하고 저러지도 못한 채 또다시 생각 속으로 빠져들었다.

" 12장 "
공개 결투 신청

한밤중에 심한 비바람이 몰아치며 창문이 덜컹거렸다. 바람이 어찌나 무섭게 불던지 금방이라도 창문이 산산조각 날 것만 같았다.

앨리스는 크고 검은 그림자에 쫓기고 있었다. 그림자는 어느 틈에 앨리스의 발꿈치까지 바싹 따라왔다. 앨리스는 어둠 속에서 숨을 헐떡이며 도와달라고 마구 소리쳤다. 하지만 주위에는 아무도 없었고, 검은 그림자는 점점 가까워지고 있었다…….

잠에서 깨니 온몸이 땀으로 흠뻑 젖어 있었다. 불과 몇 초 전만 해도 목을 조르던 얼음처럼 차가운 손가락의 느낌이 생생히 떠올라 앨리스는 진저리를 쳤다.

한참 뒤에야 앨리스는 악몽을 꾸었다는 걸 알아차렸다. 한밤중이었다. 다시 잠을 자는 건 불가능했다. 앨리스는 그대로 누운 채 눈이 어둠에 익숙해질 때까지 방 안 여기저기를 훑었다.

앨리스는 캄캄한 어둠 속에서 잠드는 데 익숙지 않았다. 아주 어렸을 때부터 그녀는 어둠을 무서워했다. 그래서 커튼 사이로 가로등 불빛이 약하게 방 안에 흘러들도록 해놓은 다음에야 안심하고 잠들었다. 그런 버릇은 나이가 들어서도 달라지지 않았다.

그런데 사실 지금은 어둠이 문제가 아니었다. 앨리스는 누군가 창문 밖에 서서 자기를 훔쳐보고 있을지도 모른다는 생각 때문에 불안해서 견딜 수가 없었다. 어젯밤엔 밤이 되기가 무섭게 커튼을 단단히 쳤다. 침대 옆 협탁 위에 늘 켜놓고 자던 작은 스탠드마저 꺼버렸다.

앨리스는 손을 뻗어 스탠드를 더듬거리며 찾아서 버튼을 눌렀다.

창문 쪽을 살펴보니 커튼은 빈 틈 하나 없이 단단히 여며져 있었다. 앨리스는 이불을 걷어차고 벌떡 일어나 책상을 향해 어정어정 걸어갔다. 양말은 의자 위에 아무렇게나 내팽개쳐져 있었다. 그녀는 양말을 주워 신고, 의자 팔걸이에 걸쳐놓은 운동복과 스웨터를 주섬주섬 챙겨 입은 다음 의자에 앉았다.

휴우. 긴 한숨을 내쉰 앨리스는 컴퓨터 전원을 켰다.

컴퓨터가 부팅되기를 기다리는 동안, 앨리스는 이메일에 쓸 말을 속으로 정리하기 시작했다.

"이대로는 안 되겠어."

앨리스는 중얼거리면서 모니터를 노려봤다.

지운편지함을 열어 문제의 이메일을 찾아낸 앨리스는 그것을 받은편지함으로 보낸 다음 답장을 눌렀다.

친애하는 야레드,

당신이 누군지 모르지만 나를 놀라게 하는 데는 확실히 성공했네요. 그래요, 정말 놀랐어요. 그리고 당신의 분노도 이해할 수 있어요. 하지만 난 결백해요. 당신을 감시하라고 누구에게도 시킨 적이 없어요. 맹세코.

누군가 당신을 언짢게 했다면 그건 분명 내 허락도 받지 않고 자기 맘대로 저지른 거겠죠. 제발 나를 믿어주세요!

근데 야레드, 이제 당신도 이 숨바꼭질 게임을 끝낼 때가 되지 않았나요? 당신이 누구인지 알아야겠어요. 당신의 메시지를 제대로 해석한 것이 맞다면 당신도 나와 똑같은 생각을 하고 있는 것 같은데, 어때요? 우리 한번 만나는 게? 크루거라는 아담하고 괜찮은 카페를 알고 있어요. 고제리데 거리의 쇼핑센터 2층에 있죠. 우리 동네 근처를 잘 알고 있을 테니 찾기 쉬울 거예요. 만약 내 생각에 동의하지 않는다면 다른 방법을 같이 찾아보기로 해요. 연락을 기다릴게요. 물론 직접 만나는 게 가장 좋다고 생각합니다만.

앨리스

보내기 버튼을 누르는 순간 앨리스는 이 메일이 어디로 들어갈지 알았다. 야레드 건은 실제 확인 절차만 남았을 뿐 이미 해결된 거나 마찬가지였다. 앨리스는 크루거 카페에 나타날 인물이 미케라고 확신했다. 당당하게 자리 잡고 앉아 여유로운 미소를 보낼 만큼 대범하게 나올지, 아니면 앨리스의 예상대로 겁쟁이처럼 구석에 숨어 훔쳐볼지는 알 수 없지만 말이다.

앨리스는 미케가 모습을 보이든, 비겁하게 숨바꼭질 놀이를 계속하든 상관없다고 생각했다. 중요한 것은 어디까지나 그녀 자신이 모습을 드러내는 것이다. 다시는 그 녀석 때문에 이성을 잃는 일 따윈 없을 것이다. 오히려 더 적극적으로 자신을 지킬 것이다. 그것만이 올바른 행동이었다.

미케는 정말 어리석게도 자기 정체를 드러냈다. 카트야가 이상한 메일에 대한 조언을 구하기 무섭게 야레드가 메일을 보내 불평을 늘어놓으며 협박한 건, 내가 바로 야레드라고 알리는 것과 다를 바 없지 않은가. 카트야한테 그런 하찮은 일로 경찰에 신고해 봤자 소용없다고 얘기한 것도 다 속셈이 있어서였다.

정말이지 어처구니없었다. 그 녀석이 범인이라니, 앨리스는 헛웃음만 나왔다. 그 따위 장난질 때문에 질주하는 리타 블로그를 포기할 생각까지 하지 않았던가. 그런 멍청이한테 놀아나다니, 자신이 한심하기 짝이 없었다.

그런데 말이지, 그렇다고 리타 블로그를 계속하는 게 과연 옳을까? 이미 다 끝난 일 아니었나? 얼마 전에 질주하는 리타가 한계를 넘어섰다고 선언한 건 바로 앨리스 자신이었다. 이제 와서 그 결심을 번복할 수는 없었다.

앨리스는 머릿속이 뒤죽박죽되어 차근차근 생각을 정리할 수가 없었다. 새벽 두 시에 잠도 안 자고 생각을 한다는 것 자체가 문제였다. 야레드를 가장한 미케를 미워하지 않을 수 없는 이유가 하나 더 있다면 바로 잠을 앗아갔다는 것이다.

도저히 잠이 올 것 같지 않았는데 깜빡 잠이 들어, 앨리스는 여섯 시가 좀 넘어 알람 소리에 잠을 깼다. 무거운 바위에 짓눌린 듯 침대에서 몸을 일으키는 것조차 쉽지 않았다.

머리가 어제보다 더 아팠다. 머릿속의 난쟁이들이 오늘은 더욱 기운이 넘치는 모양이었다. 앨리스는 간신히 눈을 떴다. 눈꺼풀에는 잠기운이 무겁게 들러붙어 있었다. 양손에 무거운 짐을 들고 여섯 시간 동안 마라톤이라도 하고 온 사람처럼 온몸이 쑤시고 안 아픈 곳이 없었다.

끙끙거리며 침대에서 몸을 일으킨 앨리스는 이를 악물고 두 손으로 머리를 감쌌다.

한 걸음 한 걸음 떼는 것조차 너무도 힘들었다. 그녀는 옷장에서 짙은 색 청바지와 자주색 터틀넥 스웨터를 꺼내고 서랍장 아래

칸에서 속옷을 꺼냈다. 그런 다음 욕실로 무거운 몸을 이끌고 가서 옷과 양말을 벗고 샤워를 했다.

샤워를 하고 나니 몸이 가뿐할 정도는 아니지만 적어도 어젯밤 결심을 행동으로 옮길 만한 기력은 되찾을 수 있었다.

비록 몰골이 엉망일지언정 자기는 아무렇지도 않다는 걸 엄마한테 보여주고 학교 오전 수업을 무사히 마칠 필요가 있었다. 일단 야레드의 가면을 쓴 미케와의 일만 마무리되면, 엄마 모르게 동생을 괴롭히는 비겁한 악당 놈들을 혼내주리라. 간밤에 앨리스는 그렇게 결심했다.

*

앨리스 엄마는 우려했던 것과 달리 딸이 다 나은 모양이라고 믿었고, 학교에서의 시간도 별 무리 없이 빠르게 지나갔다. 독일어 시간에 미스터 아이스가 한바탕 난리 친 것만 빼고. 독일 리얼리즘 문학의 대가인 고트프리트 켈러와 테오도어 슈토름 사이의 인간적 교류에 대해 미스터 아이스는 하품이 나올 정도로 따분한 설명을 늘어놓았다. 학생들이 지루해 죽겠다는 반응을 보이자 그는 흡사 미친 경찰견처럼 흥분해서 한동안 으르렁거렸다.

앨리스는 미케와 대면할 일이 걱정스러웠지만 쓸데없는 기우라는 게 곧 밝혀졌다. 미케가 학교에 오지 않은 것이다.

이제 빨강 양말 차림으로 길거리를 헤매다 망신 당한 이후 처음으로 에드가의 얼굴을 볼 일만 남았다. 그렇지만 운명이 도왔는지 오전 내내 에드가의 모습도 보이지 않았다.

카트야는 언제 다퉜냐는 듯 평소와 같이 스스럼없이 대했다. 앨리스는 자신의 적극적인 태도 덕분에 모든 일이 잘 풀리는 거라고 제멋대로 해석했다.

수업이 끝나자 앨리스는 할머니를 보러 가야 한다고 카트야한테 둘러댔다.

"왜 꼭 오늘 가야 해? 평소엔 토요일에 뵈러 가잖아."

카트야가 놀라서 물었다.

"어, 어제저녁에 할머니가 전화하셨어."

앨리스는 아무렇지도 않게 술술 거짓말을 늘어놓는 자신이 놀라웠다.

"할머니가 새로 양말을 짜놓으셨대. 그렇잖아도 신던 양말에 구멍이 났거든."

앨리스는 잠시 멈췄다가 겸연쩍은 듯 말을 이었다.

"있잖아, 내가 정신 나가서 양말만 신고 달리다가 에드가랑 부딪친 날 말이야……."

"왜? 멋진 장면이었다면서?"

129

그렇게 이기죽거리더니 카트야가 갑자기 정색을 하고 물었다.

"너, 오늘 학교에서 에드가 봤니?"

앨리스는 어깨를 으쓱했다.

"아니, 못 봤어."

카트야의 얼굴빛이 금세 어두워졌다. 앨리스는 카트야의 어깨에 다정하게 손을 얹었다.

"저런, 카트야. 내일은 나오겠지. 내일 보면 꼭 걔한테 말을 걸어. 아니다, 오늘 오후에 전화 거는 건 어때?"

카트야는 앨리스의 손을 홱 뿌리치고는 손가락으로 관자놀이를 두드렸다.

"너, 미쳤구나?"

"글쎄, 난 말짱한데."

"근데 왜 그런 헛소릴 하니?"

"꼭 헛소리만도 아니잖아. 네가 에드가를 좋아하는 건 사실이니까 걔가 그걸 알아챌 수 있도록 해야지."

카트야는 이 사이로 숨을 훅 들이마시며 말했다.

"앨리스, 넌 이러는 게 정말 재미있니?"

앨리스는 엉거주춤 어깨를 추켜올렸다. 이런 식의 대화는 하나도 즐겁지 않다. 게다가 집에 얼른 가봐야 했다.

"에드가가 나한테 빠져서 너한텐 눈길도 안 준다느니 하는 식의 얘기야말로 정말 헛소리지! 아무튼 사랑하는 친구, 나 이제 진짜 가봐야겠다. 우리 할머니 알지? 내가 시간 안 지키는 거 무지 싫어하시잖아. 내일 보자."

앨리스는 멍하니 서 있는 카트야를 덥석 끌어안고 뺨에다 쪽 입을 맞춘 다음 서둘러 달려갔다.

"이따 크루거 카페에서 만날까?"

앨리스의 등에 대고 카트야가 소리쳤다.

"아니! 아마 내일 저녁까지 할머니 집에 있을 거야."

앨리스는 돌아보지 않고 대답했다.

*

집에 도착한 후 앨리스는 곧장 컴퓨터를 켜고 이메일 프로그램을 열었다.

새 메일이 세 개 들어와 있었다. 하나는 일곱 시 좀 넘어 카트야가 보낸 것이고, 두 번째는 패션 잡지사에서 보낸 광고 메일이었다. 세 번째가 바로 야레드였다.

네 시에 보자. 야레드

크루거 카페에 혼자 앉아 얼굴을 가리고 잡지를 읽는 척하고 있
자니 앨리스는 정말 죽을 맛이었다. 카페 안에 모여 앉아 떠들거
나 들락날락하는 사람들을 구경하고 있으면 전혀 심심하지 않은
데 말이다. 앨리스는 사람들이 모여 수다를 떨며 남의 흉을 보거
나 웃음을 터트리거나, 아니면 깊은 생각에 잠기거나 조용히 말없
이 앉아 있는 여러 가지 모습들을 보는 게 좋았다.

손님들은 아주 다양했다. 핑크색 블라우스를 입고 다르질링 차
와 애플 스트루들(과일이나 치즈 등을 얇은 밀가루 반죽에 싸서 구운 과
자류:옮긴이)을 먹기 위해 매일 카페를 찾는 귀여운 할머니에서부터
검은색 양복을 입고 커피에 코냑을 섞어 마시면서 끊임없이 누군
가와 휴대폰으로 통화하는 사업가로 보이는 남자, 바짝 붙어 앉
아 초콜릿 케이크를 서로 입안에 넣어주느라 정신없는 젊은 연인,
그리고 앨리스와 카트야처럼 크루거 카페를 사랑하는 숄 남매 김
나지움의 많은 학생들까지.

하지만 크루거 카페의 백미는 뭐니 뭐니 해도 비둘기라는 뜻의
이름을 가진 타우베 여사였다. 열다섯 살짜리 여자애 셋이 콜라
한 잔만 시켜놓고 세 시간을 죽치고 있어도 그녀는 전혀 개의치
않았다. 앨리스 엄마가 표현한 것처럼 그녀는 심장이 제대로 붙어
있는 사람이었다. 타우베 여사는 돈보다 분위기를 더 중요하게
여길 줄 알았다. 친절하고 활기차면서도 평화로운 곳, 크루거 카

페는 바로 그런 곳이었다.

카페의 경제적 문제는 다행히 걱정하지 않아도 되었다. 비록 돈 없는 학생들이 많이 출입하긴 하지만 크루거 카페는 언제나 손님들로 북적거리고, 개중에는 금고를 넉넉히 채워줄 만큼 이것저것 많이 시켜 먹는 돈 많은 손님들도 꽤 있으니까.

하지만 지금 앨리스는 평소처럼 사람들을 빤히 관찰하면서 시간을 보낼 형편이 아니었다. 오늘 야레드의 탈을 쓴 미케가 겁을 먹고 달아나지 않게 하려면 얌전히 기다리는 모습을 보여주는 게 중요했다. 그래서 잡지를 보는 척하면서 앨리스는 슬쩍 카페 안을 둘러봤다.

미케 어디 있니? 당장 나타나지 못하겠어!

" 13장 "
빨강머리 소년의 꿈

그는 쉽게 잠을 이루지 못하고 밤새 뒤척였다. 침대에 누워 눈을 감고 아무 생각도 하지 않으려고 애썼지만 머릿속에서 온갖 생각이 휘젓고 다니는 바람에 잠들 수가 없었다. 새벽 세 시가 되어서야 그는 깊은 잠에 곯아떨어졌다.

곧이어 악몽을 꾸었다. 몇 년 동안 끈질기게 그를 따라다닌, 더 정확히 말하자면 짙은 청색 테의 안경을 쓴 작고 뚱뚱한 아이였을 때부터 그가 수도 없이 꾼 악몽이었다.

악몽의 처음과 끝은 늘 똑같았는데, 잊어버리지도 않고 꼬박꼬박 그를 찾아왔다. 내용이 약간씩 차이가 있긴 하지만 꿈속의 장면은 항상 비슷했다.

어떨 땐 중간부터 시작되고 어떨 땐 처음부터 시작됐으며 거의 마지막 부분만 등장하는 날도 있었다. 그날 밤의 악몽은 마치 한

편의 영화처럼 순서대로 일목요연하게 진행되었다.

그는 거리를 걸어가고 있었다. 사방이 어두웠고 드문드문 서 있는 가로등이 희미하게 빛을 내뿜고 있었다. 어린아이였지만 그는 어둠이 두렵지 않았다. 한참을 달려 숨이 턱에 차서 교차로에 다다른 그는 어디로 가야 할지 몰라 주위를 휘휘 둘러봤다.

"어느 길로 가지?"

그는 어둠 속에서 중얼거리다가 왼쪽으로 접어들었다.

꿈속에서 두 갈래 길이 나타나면 그는 항상 왼쪽을 선택했다. 왠지 더 환하고 친근한 느낌이 들었기 때문이다. 빨강머리 똥보 소년에게 필요한 건 바로 그런 따뜻함이었다.

몇 마디의 다정한 말과 미소, 정겹게 다독거려주는 손길.

하지만 그건 속임수에 지나지 않았다. 다정한 사람들이 사는 따뜻한 집과는 전혀 거리가 먼 차가운 거리였을 뿐이다. 첫 번째 집 현관문이 열리면서 키가 큰 금발 남자애가 걸어 나오는 순간 그는 그 사실을 깨달았다. 키 큰 소년은 당황하더니 못마땅한 표정으로 그를 바라봤다. 업신여기는 듯한 눈빛이었다.

그는 계속 걸어갔다. 다음 집의 문이 열렸다. 또다시 금발의 소년이 나와서 기분 나쁘다는 듯 그를 봤다. 다음 집, 그다음 집도 마찬가지였다. 그 거리의 마지막 집 앞에 다다를 때까지 똑같은 일이 반복되었다. 마지막 집의 현관문 앞에 섰을 때 그는 제발 여기서만은 누군가 다정한 얼굴로 말을 걸어줬으면 하고 간절히 바랐다. 마음속으로 제발 무례한 남자애만은 아니기를 빌고 또 빌었다.

드디어 문이 열렸다. 이번에는 차가운 눈빛으로 자신을 쏘아보는 금발 소년은 나타나지 않았다. 대신 한 소녀가 서 있었다. 검은 머리의 아름다운 소녀가 집 밖으로 나오더니 담담하게 그를 쳐다봤다. 다정한 눈빛도, 불친절하거나 사악한 눈빛도 아니었다. 소녀는 그를 빤히 보더니 붉고 도톰한 입술을 내밀며 말했다.

"키스해줘, 뚱보야."

소녀가 자신을 뚱보라고 부르는 것에 기분이 상했지만 붉은 입술의 유혹을 도저히 뿌리칠 수가 없었다.

그는 곧장 소녀에게 걸어가 발끝을 들고 흥분과 행복감에 휩싸여 눈을 감았다.

곧 따뜻하고 부드러운 입술이 그의 입술에 닿는 게 느껴졌고 기분 좋은 떨림이 온몸을 뚫고 지나갔다. 세상에서 가장 황홀하고 멋진 키스였다. 그런데 갑자기 입안이 끈적끈적해지며 역겨운 맛이 확 퍼지는 게 아닌가! 혀끝에서 순대 속에 넣는 동물 생피 같기도 하고 청어 같기도 한 비릿한 맛이 났다. 진저리를 치며 눈을 뜬 순간 자신을 쳐다보며 환하게 웃고 있는 돼지와 눈이 마주쳤다. 돼지는 꿀꿀거리며 그의 입술을 빨다가 혀를 빨기 시작하더니 이어 눈과 코, 뺨 등 가리지 않고 여기저기 정신없이 핥아댔다. 쩝쩝거리는 요란한 소리가 그의 온몸을 휘감았다. 그는 팔다리를 늘어뜨린 채 목까지 차오르는 구역질을 참느라 애쓰며 그 자리에 꼼짝없이 서 있었다.

키가 큰 금발 소년들이 어느새 몰려들어 박수를 치고 그의 이름을 부르며 환호성을 질렀다.

"뚱보! 슈퍼 돼지 키스쟁이! 계속 해! 다시 한 번 뚱보 돼지랑 쪽쪽거려보셔!"

이쯤에서 악몽은 절정에 달했다. 온몸이 땀으로 범벅된 채 잠에서 깨자마자 그는 화장실로 달려가 욕조에 대고 구토를 해댔다. 후들거리는 다리를 끌고 침대로 돌아온 그는 기진맥진해서 절망스럽게 천장을 올려다봤다.

꿈이야, 그저 황당한 꿈일 뿐이라구. 그는 늘 하던 대로 같은 말을 되뇌었다.

그래도 마음은 진정되지 않았다. 아무리 꿈이라 해도 자기가 좋아하는 여자가 끔찍한 돼지로 변하지 않을까, 그는 언제나 마음속으로 두려워하고 있었다.

게다가 자신을 에워싸고 환호성을 지르는 무리들을 생각하면 더더욱 끔찍했다.

"어이 뚱보, 뚱보 돼지한테 키스해보라구. 얼른 껴안고 뒹굴어.

뚱보들끼리 잘해봐!"

그가 작고 뚱뚱한 빨강머리 소년이었던 시절, 냄새나고 역겨운 돼지를 들이대며 키스하라고 강요하던 사악한 아이들과 같은 무리들 말이다.

" 14장 "
의외의 인물

약속 시간에서 한 시간이 지났다. 앨리스는 더 이상 기다리지 않기로 마음먹었다. 겁 많고 멍청한 미케는 당연히 나타나지 않을 것이다. 그런 녀석 때문에 공연히 시간만 낭비한 꼴이었다.

앨리스는 한숨을 쉬며 자리에서 일어나 책꽂이에 잡지를 다시 꽂아두고 계산대로 걸어갔다.

"타우베 아줌마, 계산할게요."

앨리스는 날씬하고 고운 몸매에 느슨하게 땋은 청회색 머리를 등까지 늘어뜨린 모습이 정말로 순한 비둘기를 떠오르게 하는 카페 주인에게 말을 건넸다.

"그러렴, 애야."

책을 읽고 있던 타우베 여사는 밝은 파란색 테가 둘러진 돋보기를 벗으며 쾌활한 목소리로 대답했다.

"뭘 마셨니?"

"콜라하고 크림 코코아요."

"3유로 80센트구나."

앨리스는 4유로를 계산대 위에 놓으며 말했다.

"잔돈은 필요 없어요."

타우베 여사는 어린아이들이 잔돈을 팁으로 주려 할 때 늘 그렇듯이 웃으며 거절했다. 그리고 부드럽게 타이르듯 말했다.

"얘, 잔돈을 받아야지. 네가 마신 건 이걸로 충분하단다."

앨리스는 20센트를 받아서 말없이 지갑에 넣었다. 그녀에게 고집을 부려봤자 아무 소용 없다는 걸 앨리스는 잘 알고 있었다.

"그럼, 좋은 하루 되세요."

앨리스는 고개 숙여 인사하고 문 쪽으로 걸어갔다.

"그래, 잘 가라."

카페를 나온 앨리스는 어디로 갈까 망설이며 주위를 두리번거렸다. 집에 가고 싶은 생각은 전혀 없었다. 그렇다고 시내를 무턱대고 쏘다니는 것 또한 내키지 않았다.

밖에는 가랑비가 내리고 있었다. 빗방울이 조금씩 굵어지며 차갑고 선뜩한 기분이 들더니 이내 가는 눈발이 흩날리기 시작했다. 하지만 날이 그다지 춥지 않으니 곧 있으면 진눈깨비로 바뀔 것이다. 앨리스가 가장 싫어하는 것이었다.

앨리스는 서점에 잠시 들렀다 가기로 했다. 다니엘 글루타우어의 소설 〈새벽 세 시, 바람이 부나요?〉를 이어서 읽는 것도 괜찮을 것 같았다. 지난주 앨리스는 그 책을 211쪽까지 읽었다. 몇 주 전에 앨리스의 열여섯 번째 생일 선물로 이모가 에미와 레오의 이메일 러브스토리를 그린 〈일곱 번째 파도〉라는 책을 선물했는데, 안타깝게도 그 책은 〈새벽 세 시, 바람이 부나요?〉의 후속편이었다. 물론 책을 가장 좋아하는 앨리스가 책 선물을 굳이 마다할 이유는 없었다. 하지만 첫 번째 이야기를 먼저 읽고 싶어도 용돈이 바닥난 탓에 고민을 했다. 후편을 먼저 읽는다는 건 논리적으로 말이 안 될 뿐 아니라 재미도 훨씬 덜하다. 그래서 서점에 가서 전편을 먼저 읽기로 한 것이다.

사실 많은 이들이 서점 의자에 앉아서 책을 읽고 간다. 마이어 서점의 점원들도 서점에서 오랫동안 머무는 손님에 대해 상당히 너그러운 편이긴 하지만, 그래도 앨리스는 자기가 사람들의 눈길을 끌까 봐 조심스럽게 행동했다. 어린 여학생 신분에 올 때마다 베스트셀러 코너의 책만 골라 읽으므로 더욱 조심스러울 수밖에 없었다.

물론 시립도서관에 가서 책을 읽을 수도 있었다. 하지만 서점 책꽂이에 꽂혀 거의 사람들의 손을 타지 않은 신간들의 냄새가 훨씬 근사했다. 주인공의 삶에 생기를 불어넣고 삶의 무대와 사건을 창조해내는 작가처럼 앨리스는 언제나 새로운 영감의 원천을 찾고 싶었다.

게다가 앨리스는 마음에 드는 책은 반드시 사야 했다. 빌려 보는 것으로는 성이 차지 않았다. 지갑이 늘 비어 있다는 게 문제이긴 했지만.

쇼핑센터 아래층에 있는 마이어 서점은 평소에도 사람들이 북적거린다. 더구나 오늘같이 궂은 날씨에는 더 많은 사람들이 서점의 아늑한 분위기를 찾게 된다. 바닥에서 천장까지 닿는 나무 책꽂이마다 책이 가득하고, 편히 앉아 책에 빠져들 수 있도록 사람을 유혹하는 소파가 놓여 있다.

앨리스는 서점에 들어설 때마다 마법의 세계로 들어가는 느낌이 들었다. 앨리스가 어릴 적부터 엄마는 곧잘 딸을 서점 한구석에 마련된 서커스 텐트처럼 보이는 어린이책 코너에 데려갔다. 앨리스는 뺨이 발그레하게 상기된 채 텐트 바닥에 놓인 쿠션에 기대어 조바심을 내면서 어린이책 작가가 들어와 자신의 책을 읽어주는 시간을 기다리곤 했다.

앨리스는 〈새벽 세 시, 바람이 부나요?〉가 놓여 있는 진열대로 곧장 다가가서 주위를 재빨리 둘러본 다음 그중 한 권을 빼들었다. 그리고 서둘러 누구에게도 방해받지 않을 자리를 찾기 시작했다.

그때 누군가가 그녀의 어깨를 손가락으로 두드렸다.

앨리스는 얼굴이 새빨개져서 고개를 숙이며 기어들어가는 목소리로 말했다.

"그냥 훑어보고 놓아두려던 참이었어요."

"괜찮아."

귀에 익은 목소리였다.

그제야 앨리스는 뒤를 돌아봤다.

"세상에! 에드가!"

놀란 앨리스는 자기도 모르게 목청을 높였다.

"뭐야? 이게 네 새로운 취미니? 왜 툭하면 갑자기 나타나 사람을 놀라게 하는데?"

벌겋게 달아오른 앨리스의 얼굴은 분노로 더욱 새빨개졌다.

에드가는 담담한 표정으로 앨리스를 보며 말했다.

"그냥 우연이야. 아님 네가 날 쫓아다니는 거겠지. 빨강양말만 신고 거리를 질주한 건 내가 아니잖아?"

앨리스는 에드가를 매섭게 쏘아봤다. 빤한 수법이지 뭐야. 앨리스는 식식거리며 속으로 중얼거렸다. 이렇게 계속 당하고만 있진 않겠어. 이 녀석이 나한테 반했다고? 흥, 카트야 넌 완전히 헛다리 짚었어!

"네가 무슨 말을 하는지 한마디도 모르겠거든!"

앨리스는 가증스럽다는 듯 내뱉었다.

에드가는 다시 한 번 할리우드표 웃음을 활짝 터트렸다.

"거참, 안됐네."

앨리스는 숨을 깊이 들이쉬며 양손으로 책을 꼭 감싸 안았다.

"무슨 책이니?"

"알 것 없잖아!"

앨리스는 왁살스럽게 쏘아붙였다.

에드가는 가볍게 한숨을 내쉬며 말했다.

"넌 왜 그렇게 못되게 구니?"

에드가의 목소리는 부드러웠지만 왠지 처량하게 들렸다. 그의 너무나 차분한 목소리에 앨리스는 더욱 화가 치밀었다. 사실 에드가한테 화가 난 건지, 자기 자신한테 화가 난 건지 알 수가 없었다. 앨리스는 생각 없이 그저 입에서 나오는 대로 지껄였다.

"카트야라면 너랑 우연히 이렇게 부딪치는 걸 엄청 좋아할걸. 걔는 널 좋아하니까."

다음 순간 앨리스는 자기 발등을 찍고 싶었다. 대체 내가 무슨 소리를 한 거지? 어떻게 그런 말을? 만약 카트야가 이 사실을 알게 되면 다시는 내 얼굴을 보려 하지 않을 텐데.

"음, 내 말은… 그러니까, 내가 방금 한 말은 그냥 못 들은 걸로 해. 내가 약간 제정신이 아니었나 봐. 왜냐하면……."

에드가가 미소를 지었다. 조롱이나 오만함이 아닌, 다 이해한다는 투의 미소였다.

"카트야한테 아무 말 않겠다고 약속할게."

"고마워."

앨리스는 창피해서 말끝을 흐렸다.

에드가는 잠시 뭔가를 생각하는 눈치더니 앨리스한테 물었다.

"근데, 제정신이 아니었다는 게 혹시 그 야레드 때문이니?"

앨리스는 놀라서 눈을 크게 떴다.

"야레드? 네가 야레드를 어떻게 알아?"

에드가는 어깨를 으쓱했다.

"지난번에 네가 나한테 야레드가 아니냐고 다그쳤잖아. 그래서……."

앨리스는 에드가의 말을 막았다.

"에드가, 같은 질문 다시 하는 거 정말 싫지만 마지막으로 한 번만 더 물어볼게. 네가 야레드 아냐? 아님 그 사람과 관련이 있든지?"

"아니야! 몇 번을 말해야 알아듣겠니!"

에드가는 고개를 세차게 흔들며 소리쳤다.

"대체 내가 야레드라고 우기는 이유가 뭐지? 내 이름은 야레드가 아니라 에드가라구! 혹시 내 이름도 까먹은 거야?"

앨리스는 대답 대신 긴 머리카락을 귀 뒤로 쓸어 넘기며 아랫입술을 이로 잘근잘근 깨물었다. 자기가 얼마나 바보같이 굴었는지, 뼈저리게 후회했다.

에드가는 그런 그녀를 한동안 바라보다가 문득 입을 열었다.

"나한테 할 말 없니? 뭐라고 얘길 좀 해봐."

앨리스는 말없이 긴 한숨을 내쉬었다.

에드가도 덩달아 한숨을 쉬었다.

그래, 한숨밖에 안 나오겠지. 무슨 할 말이 있겠어.

"나, 지금 가봐야 해."

앨리스는 더듬거리며 말했다.

에드가는 실망한 얼굴로 그녀를 빤히 바라봤다. 차마 똑바로 쳐다볼 수가 없어서 앨리스는 슬그머니 고개를 돌렸다.

"이제 계산대에 가봐야겠다."

그러면서 앨리스는 손에 든 책을 앞으로 내보였다.

에드가는 고개를 끄덕였다.

"나도 가려던 참이야."

앨리스는 그제야 에드가가 책을 들고 있다는 걸 알아봤다.

"아, 너도 책 사러 왔니?"

에드가는 빙긋 웃었다.

"그럼. 서점에 책 사러 오는 게 당연한 거 아냐?"

"그, 그렇지……."

앨리스는 어물어물 말꼬리를 흐렸다.

앨리스의 뒤를 에드가가 졸졸 따라왔다. 계산대로 가는 척하다가 앨리스는 걸음을 멈췄다.

"맞아! 엄마가 사오라는 책이 있었는데, 깜빡했네."

앨리스는 천연덕스럽게 거짓말을 하고 나서 웃었다. 누가 들어도 웃음소리가 부자연스러웠다.

앨리스를 보는 에드가의 눈빛이 혼란스럽게 흔들렸다. 그는 느릿느릿 말했다.

"그래. 그럼 나중에 또 보자."

앨리스는 대꾸도 없이 냉큼 몸을 돌려 다시 안쪽으로 걸어갔다. 여성문학 책꽂이 앞에서 뭔가를 찾는 척하며 앨리스는 혼잣말로 나지막이 투덜거렸다.

*

한참 뒤 패딩재킷 지퍼를 올리며 쇼핑센터 출입문을 나서려던 앨리스는 출구 쪽에 서 있던 에드가와 또다시 마주쳤다.

되돌아가기엔 이미 늦었다. 앨리스는 어깨를 쭉 펴고 아무렇지도 않은 듯 에드가한테 미소를 보냈다.

"안녕!"

에드가는 씩 웃더니 이마를 찡그리며 물었다.

"근데 네 백은 어디 있어?"

"백?"

에드가는 집게손가락으로 다른 손에 들고 있는 작은 비닐 백을 가리켰다.

"네가 산 책들 말이야."

앨리스는 멋쩍게 웃다가 에드가의 심각한 표정을 보고는 얼른 웃음을 거두었다.

"나, 난 그러니까……."

"날 피하려고 했던 거겠지. 이해해. 먼저 갈게."

그렇게 내뱉고 에드가는 문을 거칠게 밀고 밖으로 나가버렸다.

앨리스는 한참 동안 꼼짝 않고 멍하니 그 자리에 서 있었다.

정말 왜 이러니? 완전 망신이야. 이 바보 구제불능 멍청이야.

앨리스는 심호흡을 한 뒤 문을 밀고 뛰쳐나가 에드가를 쫓아갔다.

"에드가, 기다려!"

에드가는 머뭇거리다 발걸음을 멈췄다.

"왜?"

쑥스러운 웃음을 짓고 서 있는 앨리스를 보며 에드가는 퉁명스럽게 물었다.

"나, 있지. 사실 책을 안 샀거든."

"알아."

앨리스는 얼른 말이 떨어지지 않는 듯 이 사이로 혀를 내밀며 공연히 손으로 머리를 쓰다듬었다. 에드가는 그녀가 하는 대로 가만히 바라보고 있었다.

"같이 크루거 카페 갈래?"

에드가의 제안에 앨리스의 목소리가 약간 떨렸다.

"실은 나, 돈이 하나도 없어. 하지만 비둘기 아줌마는 우리가 아무것도 안 마시고 그냥 앉아 있다 가더라도 봐주실 거야."

에드가는 무슨 말인가를 하려다 말고 고개를 끄덕였다.

둘은 다시 쇼핑센터 안으로 들어갔다. 그리고 2층에 있는 크루거 카페의 구석에 자리를 잡고 앉았다.

"있잖아……"

자리에 앉자마자 앨리스가 먼저 말을 꺼냈다.

"사실 나, 아까도 여기 왔었어. 야레드 때문에."

에드가가 눈을 치켜떴다.

앨리스는 아랑곳하지 않고 계속 말했다.

"야레드를 만나고 싶었어. 근데 안 나타나더라. 사실 큰 기대를 한 건 아니지만."

타우베 여사가 다가오는 걸 보고 앨리스는 얼른 입을 다물었다.

"뭐 좀 갖다 줄까?"

앨리스가 괜찮다고 대답하려는 찰나, 에드가가 한발 빨랐다.

"네. 전 콜라 주세요."

에드가는 미소를 지으며 나긋나긋한 목소리로 말했다. 그런 다음 앨리스를 돌아보며 물었다.

"넌 뭐 마실래? 내가 살게."

앨리스가 손을 들어 올리며 뭐라고 하려는데 타우베 여사가 쾌활하게 물었다.

"그래, 뭐 줄까?"

여주인의 눈빛은 친절했지만 뿌리칠 수 없는 단호함이 엿보였다.

"저도 콜라 주세요."

앨리스는 항복하듯 중얼거렸다. 그러곤 더 낮은 소리로 에드가한테 덧붙였다.

"고마워."

타우베 여사가 가고 나자 에드가는 앨리스를 진지한 눈빛으로 바라봤다.

"계속해."

무엇 때문에 그 자리에서 에드가한테 야레드와 그 괴상한 이메일에 대한 이야기를 시작했는지 앨리스는 정확한 이유를 알 수 없었다. 에드가를 쫓아가서 크루거 카페에 따라간 것도 납득할 수 없었다. 하지만 앨리스는 처음으로 에드가가 안심할 수 있는 상대라는 생각이 들었고, 그에게 어떤 감정을 느끼고 있다는 걸 어렴풋이 깨달았다. 에드가가 잔뜩 겉멋 든 할리우드식 미소를 흘리며 아빠 자랑이나 늘어놓는 허풍쟁이만은 아니라는 것도.

그렇다면 뭐지? 그 이상의 존재인가? 괜찮은 남자애? 진짜진짜 괜찮은 남자애?

앨리스는 머릿속에 거미줄처럼 뒤엉킨 생각을 걷어내려는 듯 고개를 흔들었다.

"내 생각엔 우리 반 미케라는 애가 정신 나간 이메일을 보내면서 날 스토킹 하는 것 같아."

순간 에드가의 눈썹이 꿈틀했다.

"미케? 너 지금 야레드 얘기를 하는 거 아니었어?"

앨리스는 고개를 끄덕였다.

"미케가 야레드란 가명을 쓰는 것 같아. 내 영상을 찍어서 인터넷에 올리기도 했다니까."

에드가의 눈이 휘둥그레졌다.

"누가 널 찍었다고? 어디서?"

앨리스는 숨을 들이마시며 말했다.

"내 방 창문 밖에서. 어쨌든 바로 인터넷 사이트에 피해 신고를 하고, 삭제 요청 메일을 보냈어."

"나쁜 자식!"

에드가는 화가 나서 식식거렸다.

앨리스는 다시 숨을 들이마시며 아무 말도 하지 않았다.

에드가가 손을 내밀더니 앨리스의 손을 잡았다. 앨리스는 가만히 있기로 했다.

에드가는 다정한 목소리로 앨리스를 재촉했다.

"나한테 전부 다 얘기해줘. 나, 시간 많아."

앨리스는 다소곳이 고개를 끄덕이며 이야기를 시작했다.

15장

질투의 화신

그는 초조하게 방 안을 서성거렸다. 우리 안에 갇혀 옴짝달싹 못하는 호랑이처럼.

그녀가 어떻게 그런 짓을 할 수 있지? 대체 그 자식은 왜 만난 거야?

멀끔하게 생겨가지고 잘난 척만 하는 명청이 자식!

그는 소파에 털썩 주저앉아 분을 이기지 못하고 흰색 벽을 노려봤다.

늘 그런 식이었다. 좋아하는 여자애가 생기자마자 꼭 다른 놈이 나타나 채가곤 했다.

제기랄! 이번에는 거의 손에 닿을 듯했는데. 용기 내어 그녀 앞에 얼굴을 드러내기까지 했는데.

그녀도 틀림없이 내가 마음에 들었을 것이다. 그렇지 않다면 학교 블로그에 나에 대한 이야기를 올렸을 리 없다.

물론 처음에는 슈퍼맨 이야기에 기분이 상한 게 사실이다. 하지만 곧 그는 그녀가 자신을 놀리는 게 아니라는 사실을 깨달았다. 자신이야말로 그녀의 슈퍼맨인 것이다. 그녀는 진정으로 슈퍼맨을 갈망하고 있었다. 그녀가 가장 좋아하는 책의 주인공처럼 그는 그녀의 수호천사요 슈퍼맨이었다.

그녀가 외투도 걸치지 않은 채 양말 바람으로 집을 뛰쳐나온 날도 분명 나를 찾아 헤맨 게 틀림없다. 그래서 그녀 앞에 모습을 드러내야겠다고 결심한 순간 하필 그 자식이 나타난 것이다. 하늘에서 뚝 떨어진 것처럼 느닷없이 말이다.

망할 자식!

그 자식이 오늘 오후에 그녀를 쇼핑센터에서 만나 카페에도 같이 가고 슬그머니 그녀의 손을 잡기도 했다. 그런데도 그녀는 가만히 있었지.

나쁜 계집애!

그는 벌떡 일어나 다시 정신없이 방 안을 왔다 갔다 했다.

도대체 왜 나한테 그런 짓을 하는 거지? 왜, 왜, 왜?

그는 언제나 실패자였다. 언제나 버림받는 쪽이었다.

그녀는 그의 운명이었다.

그는 그녀의 운명이었고.

154

이 세상에 다시없는 운명이었다.

최근 인터넷 책벌레 동호회에 그녀는 가장 좋아하는 책을 읽고 느낀 점에 대해 적어놓았다. 그리움. 그녀는 수호천사를 그리워하고 있었다. 마법 같은 사랑을 갈망하고 있었다.

그가 원하는 것도 바로 그것이었다. 수호천사 혹은 그녀의 슈퍼맨. 그는 그녀가 원하는 것이라면 무엇이든 되고 싶었다.

그런데 그녀는 아니라고? 그리움과 열정으로 가득 찬 내 눈빛을 그녀는 한 번도 보지 못했단 말인가?

이런, 제기랄!

그는 탁자 위에 놓인 잡지를 마구 내팽개치고 그래도 화가 풀리지 않는 듯 발로 짓밟았다.

늘 그랬다. 아무도 그에게 관심을 가져주지 않았다. 길에 쓰러진 사람을 보고 놀란 그녀를 도와주는 척하며 나섰을 때조차 그랬다. 물론 그녀의 사랑을 얻기 위해 길 가던 애먼 사람을 한 방에 때려눕혔다는 걸 그녀가 알 턱이 없겠지만. 얼마나 큰 위험을 감수하며 그 사건을 만들었던가.

오직 그녀를 위해 그런 짓까지 벌였는데, 그녀는 그런 그의 마음을 눈치조차 채지 못했다.

그 다음날, 학교 앞에서 그는 그녀가 혹시나 자신을 알아보지 않을까 하고 설레는 마음으로 기다렸다. 하지만 여전히 그녀는 그를 모른 척했다. 그저 한번 돌아보고 그것으로 그만이었다. 그녀에게 그는 그저 공기에 지나지 않았다. 어쩌면 그보다도 못한 존재일 것이다.

그날 오후 그녀의 아파트 앞에서 그는 그녀가 집을 뛰쳐나오는 걸 목격했다.

저녁이 되자 그녀의 창문 커튼이 완전히 닫혔고 더 이상 안을 들여다볼 수 없게 되었다. 지금까지 한 번도 없었던 일이다.

그녀를 처음 안 것은 인터넷에서였다. 그가 자주 들락거리던 동호회였는데, 어느 날부터 그녀가 자기 운명이라는 걸 안 그는 그녀에 대해 무엇이든 알아내려고 애썼다.

그녀가 뜻밖에도 이웃 동네에 살고 있다는 걸 알게 되었을 때 그는 뛸 듯이 기뻐했다. 그녀는 그의 집과 겨우 한 블록 떨어진 곳에 살고 있었다. 그러다 처음으로 그녀를 학교에서 보게 되었다. 그녀는 온라인의 여러 사진들에서 본 것보다 훨씬 아름다웠다.

게다가 그녀에 대한 것을 알아내는 건 식은 죽 먹기였다. 그녀에 대한 모든 정보를 인터넷에서 구할 수 있었다. 무엇을 좋아하고 무엇을 싫어하는지, 어떤 취미를 갖고 있는지, 친구들과 좋아하는 음악, 그녀가 누구를 만났고 지난 휴가 때 무슨 일을 겪었는지도 말이다. 그녀 친구가 데려온 개 안톤이 해파리를 삼키는 바람에 동물병원에서 한나절을 보내야 했던 이야기조차 그는 알고 있었다.

책에 대한 그녀의 열망은 또 어떤가. 그녀는 자기가 좋아하는 책과 작가가 되고 싶은 꿈에 대해 수차례 인터넷에 올렸다. 좋아하는 책을 읽을 때마다 자기가 그토록 숭배하는 훌륭한 작가처럼 될 수 없을 것 같은 좌절감에 빠지곤 한다는 이야기도.

질주하는 리타라는 필명으로 쓰고 있는 학교 블로그도 마찬가지였다. 그는 가명만 보고도 그녀라는 사실을 한눈에 알아챘다.

그녀는 정말 풍부한 재능을 갖고 있었다.

거기다 현명하고 아름답기까지 했다.

길고 검은 머리칼과 어두운 눈동자, 희고 고운 살결과 날씬한 몸매는 영락없이 그가 가장 좋아하는 동화 속의 공주님이었다.

그리고 그는 개구리가 아니었다. 단연코. 그는 왕자였다. 검은 머리칼과 환상적인 몸매를 가진 왕자 말이다. 적당히 그을리고 탄탄한 근육질의 몸매를 가진.

그는 세상 모든 소녀들과 여자들이 원하는 이상적인 남자였다. 의심할 여지가 없었다. 그는 섹시하고 뜨거운 남자였다. 너무나 자연스럽고 근사하며 강인한 남자.

그녀에게 바짝 다가갔다고 여겼는데, 거의 다 갔다고 느꼈는데. 여기저기 동호회의 프로필에 올린 그녀의 사진을 보며 얼마나 많이 꿈꾸었던가.

마이무브스(My Moves)란 사이트에는 그녀의 동영상도 올라와 있었다. 그녀가 친구와 농담을 하며 함께 〈실버 문〉이란 노래를 부르는 장면이었다. 그는 그 동영상을 정확히 713번 보았다.

그 동영상은 1분 12초짜리였다. 그녀가 키득거리며 노래를 부르다가 이따금 길고 검은 머리를 뒤로 쓸어 넘길 때마다 검은 눈이 반짝였다. 그녀의 살짝 말려 올라간 귀여운 코와 육감적인 입술에 그는 온통 정신을 빼앗겼다. 그녀를 둘러싼 모든 것이 그에겐 천국보다 달콤한 유혹이었다. 그렇게 그녀는 그의 운명이 되었다.

그는 그녀를 사랑한다. 너무나 사랑하는 나머지 감정을 억누르지 못해 미칠 지경이다.

그런데 그녀는 어떤가? 그 사기꾼 같은 자식을 만나고 그 자식이 손을 잡는데도 가만있지 않았던가.

그는 거실 바닥에 나뒹구는 잡지를 집어 들고 구겨진 책장을 하나하나 편 다음 탁자 위에 얌전히 올려놓았다. 이어 부엌으로 가서 유리잔에 날달걀 세 개를 깨 담고 끈적거리는 액체를 한 방울도 남기지 않고 마셨다. 빈 잔을 싱크대에 넣은 뒤 냉장고에서 빵 한 조각을 꺼내 구운 햄을 그 위에 얹었다. 맥주 한 병을 꺼내어 뚜껑을 딴 다음 빵을 접시에 담아 거실로 나갔다.

소파에 주저앉아 심호흡을 하며 그는 결심했다. 이제 더 이상 참지 않을 것이다. 이번만큼은 운명적인 사랑을 다른 녀석에게 빼앗기지 않을 것이다.

싸움을 해서라도.

그래, 그녀를 위해서라면 싸움도 마다하지 않겠다.

어떤 수단을 써서라도.

끝내 그녀를 내 것으로 만들 때까지.

" 16장 "
범인은 가까운 곳에 있었다

"너 어디 갔었니?"

막 현관문을 열고 들어가려는데 카트야한테서 전화가 왔다.

"할머니 집에 간다고 얘기했잖아."

앨리스는 기어들어가는 소리로 대답했다.

"근데 휴대폰은 왜 꺼놨어?"

"어… 꺼져 있는 줄 몰랐어."

"근데 언제 다시 켠 거야?"

"카트야, 너 왜 그래?"

"그냥 궁금해서 그래. 대답해봐."

"한 5분 전쯤?"

"그래? 왜 그렇게 오랫동안 꺼둔 거야?"

"카트야, 너 이러는 거 좀 바보 같지 않니?"

"그래, 맞아."

카트야는 씁쓸한 목소리로 말했다.

카트야가 한바탕 퍼부을 말을 준비하려는지 숨을 깊이 들이쉬는 소리가 앨리스의 귀에 들렸다. 문득 카트야가 자기를 본 게 틀림없다는 생각이 들었다.

그런데 카트야는 어디까지 알고 있을까? 크루거 카페에서 에드가를 만난 걸 눈치챈 게 아닐까? 어쩌면 둘이 만나는 장면을 직접 봤을지도 모른다. 에드가가 내 손을 잡으면서 정신이 아찔해질 만큼 내 눈을 빤히 들여다본 것도 봤을까?

"카트야, 난……."

"좋아."

카트야는 앨리스의 말을 끊었다.

"네 행동 하나하나를 나한테 보고할 필요는 없어. 하지만 그런 멍청한 거짓말은 제발 참아줘."

카트야는 말을 멈추고 또다시 숨을 거칠게 몰아쉬었다.

"너네 할머니한테 전화했더니 네가 거기 가는 걸 전혀 모르고 계시더라. 내가 얼마나 민망했는지 몰라."

"아!"

앨리스는 너무 놀라서 그만 말문이 막혔다.

카트야의 거친 숨소리만 들릴 뿐 침묵이 이어졌다.

한참 뒤 카트야가 입을 열었다.

"얼른 할머니께 전화 드려. 걱정하고 계실 거야. 네가 분명 할머니 집에 간다는 말을 했다고 했거든."

"알았어. 전화 드릴게."

앨리스는 창피해서 우물우물했다.

"그 시간 동안 뭘 했는지 나한테 사실대로 얘기해줄래?"

이번에는 앨리스 쪽에서 깊은 숨을 들이마셨다.

"말해줄게. 나중에. 알았지?"

"알았어."

생각했던 것보다 카트야의 목소리가 담담해서 앨리스는 속으로 놀랐다.

"그럼 내일 학교에서 얘기하자. 나도 너한테 꼭 할 말이 있어. 전화로 하긴 좀 그렇고 아무래도 직접 보고 얘기하는 게 낫겠어."

"카트야, 대체 무슨 일인데? 심각한 거니?"

"내일 얘기해. 내일."

카트야는 단호하게 말했다.

다시는 휴대폰을 꺼놓지 말라고 신신당부한 뒤 카트야는 사랑한다며 전화를 끊었다.

앨리스는 자신이 너무 부끄러웠다.

*

앨리스가 문을 열려는 순간, 안에서 문이 벌컥 열리더니 얼굴이 백지장처럼 창백하고 눈이 충혈된 엄마가 고개를 쑥 내밀었다.

"앨리스! 세상에, 너구나."

엄마가 안도하는 목소리로 크게 외쳤다.

"그래, 나야. 할머니가 지금쯤 실종신고를 하지 않으셨을까 걱정이네."

앨리스는 주눅 든 표정으로 눈을 내리깔며 말했다.

"무슨 말이야?"

엄마가 영문을 모르겠다는 듯 그녀를 쳐다봤다.

"그래, 내가 멍청한 짓을 했어. 내가 잘못했어. 미안해."

물론 앞뒤 생각할 겨를 없이 불쑥 나온 말이었다. 앨리스는 자기 엉덩이를 걷어차고 싶은 심정이었다. 곧 시작될 엄마의 잔소리를 생각하자 앨리스는 진저리가 쳐졌다.

카트야는 앨리스한테 뭔가 충고를 하려고 전화했다. 그런데 휴대폰이 꺼져 있어서 할머니한테 전화했다. 전화를 받은 할머니는 걱정이 되어 곧장 엄마한테 전화해서 앨리스가 어디 있는지 추궁하셨을 것이다. 엄마는 당연히 안절부절못하며 난리를 쳤을 테고. 딸이 어디론가 사라졌다. 그리고 휴대폰도 받지 않는다. 분명 무슨 일이 일어난 게 틀림없다고 생각했겠지! 어쩌다 일이 이렇게 됐을까?

"엄마, 정말 미안해."

앨리스는 같은 말을 되풀이했다.

"카트야를 따돌리려고 그랬어. 물론 정말 바보 같은 짓이지만… 사실, 일이 이렇게 커질 줄은 몰랐어…….."

엄마가 퉁명스럽게 말을 잘랐다.

"그걸 변명이라고 하니? 네가 카트야랑 싸웠든 말든 상관없어. 지금 그게 중요한 게 아니라구. 로빈이 학교가 끝났는데도 집에 안 왔어. 아빠는 지금 차로 로빈을 찾아다니고 있어. 친구나 반 아이들한테도 죄다 전화해봤는데 아무도 걔를 못 봤다는구나. 너한테 계속 전화했는데 전화도 받지 않고. 같이 있나 싶어서 카트야한테도 전화해봤지."

엄마는 감정을 못 이겨 손으로 얼굴을 감싸며 흐느끼기 시작했다.

"오, 세상에!" 앨리스는 외쳤다. "정말… 정말 그런 줄은 몰랐어…….."

"당연히 몰랐겠지."

엄마는 손을 천천히 늘어뜨리며 계속 흐느꼈다.

"넌 휴대폰을 꺼놓고 있었으니까."

"좀 전에 카트야랑 통화했는데 로빈 얘기는 않던데…….."

앨리스는 말끝을 흐렸다.

"카트야는 아무것도 몰라. 너랑 같이 있는지만 묻고 그냥 끊었으니까."

엄마는 옷장에서 외투를 꺼내고 손가방을 낚아채듯 집어 들고는 어두운 표정으로 앨리스를 바라봤다.

"경찰서에 다시 가봐야겠다. 실종신고를 해달라는데도 그저 기다려보라는 말밖에 안 하던데, 이제 깜깜한 밤이 됐으니 신고를 받아주겠지. 넌 로빈이 집에 돌아올지도 모르니까 꼭 집에 있어. 그리고 휴대폰은 켜두고. 전화하면 금방 받아야 돼. 알았지?"

앨리스는 고개를 끄덕였다.

"내가 뭐 할 건 없어?"

앨리스의 마음속에 두려움이 서서히 고개를 쳐들었다.

엄마는 고개를 흔들었다.

"아니. 참, 맞다. 아빠한테 전화해서 내가 경찰서에 간다고 전해줘. 아빠도 그쪽으로 오시라고 해. 집 전화기로 누가 전화할지 모르니 전화할 일 있으면 네 휴대폰을 사용하고."

엄마는 앨리스의 뺨에 뽀뽀하고 허둥지둥 집을 나섰다.

앨리스는 한동안 현관에 꼼짝 못하고 선 채 닫힌 문을 멍하니 바라봤다. 머릿속으로 별별 생각이 스치고 지나갔다. 로빈을 때렸던 그 녀석들이 범인일 것이다. 카트야가 혹시 걔들 이름을 알까?

우선은 아빠한테 전화를 해야 했다.

앨리스는 잠시 생각했다. *잠깐만, 카트야가 걔들의 이름을 안다면 그쪽으로 전화를 해서… 아냐. 더 좋은 생각이 있어. 그쪽으로 직접 가보는 거야. 그럼 엄마가 경찰서에 갈 필요도 없고, 아빠한테 전화해서 엄마가 경찰서로 오라고 했다는 것도 알릴 필요가 없지. 그래, 그게 좋겠다…… 아니지, 그럼 집에 아무도 없잖아. 엄마가 무슨 일이 있어도 집을 비우지 말라고 했는데. 로빈이 전화할지도 모르니까 전화도 받아야 하고, 또 선생님이나 다른 부모님 혹은 경찰이나 납치범이 전화할 수도 있잖아?*

앨리스는 머리를 흔들며 방으로 들어갔다.

컴퓨터를 켜고 ICQ에 접속했다.

다행히 카트야도 온라인 상태였다.

카트야, 너 며칠 전에 로빈을 때렸던 두 녀석 이름 아니?

앨리스는 서둘러 자판을 두드렸다.

안녕, 앨리스. 잘 모르겠는데. 왜?

나중에 설명해줄게. 혹시 걔들이 어디 사는지 짐작이라도 가?

아니, 전혀. 근데 무슨 일이야?

로빈이 없어졌어.

난리 났네! 네 생각엔 그 두 녀석 짓인 것 같아?

모르겠어. 일단 지금은 얘길 끝내야겠다. 나중에 자세히 얘기해줄게.

허참! 앨리스는 한숨을 푹 쉬고 소파에 깊숙이 몸을 묻었다.

이제 뭘 하지? 그녀는 생각했다. *아빠한테 전화해서 엄마가 시킨 대로 말씀드릴까? 아니면 로빈을 때린 두 녀석에 대해 말씀드리는 게 나을까? 로빈의 반 친구 중에 걔들의 이름을 아는 애가 있지 않을까? 그런데 걔들이 로빈의 실종과 전혀 관련 없다면 어떡하지?*

순간 앨리스는 얼굴이 벌게지며 온몸에 오싹 소름이 돋았다.

혹시 야레드? 그 미케 녀석이 한 짓이라면?

설마, 말도 안 돼!

아니, 혹시 모르잖아?

넌 지금 망상에 빠져 있는 거야. 정말이지 터무니없는 생각이라구.

앨리스는 고개를 세차게 흔들었다.

167

대체 미케가 무엇 때문에 로빈을 납치해? 게다가 로빈이 납치 당했다고 단언할 수도 없잖아. 로빈이 제 발로 어디 갔을 수도 있고. 성적이 엉망이었다거나 우습지도 않은 이유로 겁에 질려서 집에 돌아올 엄두를 못 내고 있는지도 모르지. 걔는 수학시험 좀 망쳤다고 울고불고 난리를 치는 애니까. 어쩌면 그냥 아무에게도 말 안 하고 친구 집에 놀러 간 것일 수도 있고.

하지만 지금은 깜깜한 밤이지 않은가. 게다가 엄마는 로빈의 모든 친구와 반 친구들에게 연락해봤다고 했다. 그러니 친구 집에 갔을 가능성은 없다.

만약 로빈이 사고를 당했다면 그 또한 이미 연락이 왔을 것이다. 그렇다면 이제 남은 단 하나의 가능성은 납치뿐인가?

오, 하느님!

앨리스는 갑자기 어지러웠다. 몸이 바들바들 떨리며 심장이 마구 뛰었다. 도저히 불길한 생각들을 떨쳐낼 수가 없었다. 로빈은 밝은 금발에 숱이 많고 긴 속눈썹과 큼지막한 하늘색 눈을 가진 작고 예쁘장한 소년이다. 아동 성폭행을 하는 변태 같은 인간들이 충분히 노리고도 남을 만하다.

만약 어떤 미친 소아성애자가 학교 앞에서 기다렸다가 로빈을 납치한 거라면?

앨리스의 눈에 눈물이 고였다. 더 이상 이러고 앉아 있을 시간이 없다는 생각이 들었다. 뭔가 조치를 취해야 한다. 지금 당장!

앨리스는 소파에서 벌떡 일어나 정신없이 방 안을 서성거렸다. 그러다가 다시 컴퓨터 앞으로 가서 받은편지함을 열었다.

네 개의 새로운 편지가 도착해 있었다. 그중 한 편지의 발신인을 본 앨리스는 식은땀이 쫙 나며 등골이 서늘해졌다.

받는사람: Alice.Bandow@netz.de

보낸사람: jared@mail.de

제목: 복수는 달콤하다!

앨리스

오늘 널 봤어. 근데 혼자가 아니더군.

대체 왜 그런 거니? 어째서 모든 걸 망치려는 거냐고?

넌 너무 멀리 가버렸어.

그 대가를 치러야겠지. 꼭 복수할 테니까. 네가 전혀 예상치 못한 순간에 말이야.

그러니 조심해. 난 항상 네 가까이에 있어.

네가 하는 말을 듣고

널 볼 수 있어.

너의 모든 것을 알 수 있지.

나에게서 도망칠 생각 따윈

꿈도 꾸지 마!

야레드

앨리스는 속이 메슥거렸다. 그녀는 손을 덜덜 떨며 책상 서랍에서 반 친구들의 전화번호부를 꺼내 미케의 번호를 찾았다. 그리고 휴대폰으로 그의 전화번호를 눌렀다.

세 번 신호음이 울리고 누군가 전화를 받았다.

"하이네만 씨 집입니다."

여자 목소리였다.

앨리스는 목청을 가다듬으며 잠시 기다렸다.

"여보세요? 누구세요?"

앨리스는 목을 다시 한 번 가다듬고 응얼거렸다.

"저… 미케랑 통화할 수 있을까요?"

잠시 침묵이 흐르더니 상대가 불쾌한 기색을 드러내며 다짜고짜 쏘아붙였다.

"일단 누군지 이름부터 말씀하시지?"

앨리스가 대답하기도 전에 여자의 고함 소리가 들렸다.

"미케, 자기 이름도 모르는 이상한 여자 분이 너한테 전화했구나."

앨리스는 숨을 깊이 들이마시고 기다렸다.

잠시 후 미케가 전화를 받았다.

"네?"

"안녕, 야레드."

앨리스는 침착하려고 애쓰며 말했다.

"야레드란 사람은 없는데."

미케가 퉁명스럽게 대꾸했다.

"그래? 확실하니?"

"지금 뭐 하는 거야? 너, 누구야?"

미케가 으르렁거렸다.

앨리스는 숨을 깊이 들이마셨다.

"나, 앨리스야. 이제 숨바꼭질은 그만둘 때가 된 것 같은데? 네가 그 쓰레기 같은 이메일 보낸 거 다 알고 있어. 이유는 잘 모르겠지만. 어쩌면 나한테 뭔가 복수를 하고 싶었는지도 모르지. 내가 너한테 고깝게 군 건 사실이니까. 그렇다고 이런 못된 짓을 해도 되는 건 아니잖아."

앨리스는 쉴 틈도 없이 쏘아붙이고는 숨을 내쉬었다.

미케가 말했다.

"너, 완전 정신 나갔구나?"

"아니, 아직은 아니야. 미케, 아니 야레드. 그렇지만 곧 미치고 말걸. 자세한 이유는 나중에 설명해도 돼. 아님 지금 모든 걸 털어놓든가. 지금 내가 알고 싶은 건 딱 한 가지뿐이야. 경고하는데, 나한테 거짓말할 생각은 하지 마. 이건 심각한 문제야. 절대 장난이 아니라구."

"도대체 뭘 알고 싶은데?"

미케가 불안한 목소리로 물었다.

앨리스는 잠시 가만히 있었다. 미케가 그 괴상망측한 야레드일 거라는 추측이 맞았다는 사실에 그녀도 놀랐다.

"그렇다면 어쩔 건데?"

미케의 말투에는 어느덧 경멸과 분노가 섞여 있었다.

"세상에, 진짜 너였구나."

"그래서 뭐? 네가 항상 당당하게 주장한 대로 넌 당해도 싸!"

앨리스의 말을 부정하려는 태도는 이미 간데없고 미케의 목소리엔 분노가 넘쳐나고 있었다.

"네가 쓴 그 미치광이 같은 글들을 한번 생각해보시지. 그래놓고 늘 자기는 전혀 상관없다는 듯이 발뺌했잖아. '그건 질주하는 리타지, 내가 아냐!' 그게 헛소리지! 헛소리 아냐? 우린 언젠가는 너도 그런 쓴맛을 봐야 한다고 생각했어. 누가 널 괴롭히면서 별별 헛소리를 다 해놓고 나중에 모른 척하는 게 얼마나 사악한 짓인지 너도 겪어봐야 알겠지. 그래, 기분이 좋냐?"

"우리라고?"

앨리스는 헐떡거리며 간신히 그 말을 내뱉었다.

미케가 멸시하는 듯한 목소리로 웃었다.

"그럼, 우리지. 너의 절친과 나라구, 이 아가씨야."

앨리스는 갑자기 소파가 푹 꺼져 내린 듯 어질어질했다.

카트야? 카트야가 왜?

앨리스의 목소리는 심하게 떨리고 있었다.

"그럼 네가… 아니, 너희 둘이 내 동생이 없어진 것과 관련 있다는 말이니?"

"뭐?"

황당해하는 미케의 대답이 들려왔다.

"말도 안 되는 소리! 당연히 아니지!"

"정말 확실해?"

"말 함부로 하지 마!"

앨리스의 귀에 미케의 거친 숨소리가 들렸다.

"우린 내일 학교에서 너한테 사실대로 말하려던 참이었어. 카트야가 이제 그 정도면 충분하다고 하더라구. 크루거 카페에서 네가 에드가한테 위로받는 모습을 보고 걔 눈이 뒤집히긴 했지만. 그건 뭐 너희 둘 사이의 문제고 나랑 아무 상관 없어. 네 동생이 사라진 것도 난 전혀 아는 바 없어. 오늘 야레드의 마지막 메일을 너

173

한테 쓰려던 참이었어. 이제 그럴 필요가 없어졌으니까."

"왜, 왜 나한테 그런 짓을 한 거지?"

앨리스는 소리를 질렀다. 하지만 마음속에서는 단 하나의 이름이 맴돌고 있었다. 누구보다 가까운 친구인 카트야. 초등학교에 입학할 때부터 지금까지 서로를 가장 잘 알고 있다고 생각했는데. 그런 친구가 괴상한 이메일을 보내고 마이무브스에 동영상을 올린 범인이라니.

대체 왜 그랬니, 카트야? 왜 그런 짓을? 내가 그렇게 나쁜 친구였어? 그렇게 흉측한 인간이었던 거야?

그 생각이 끝없이 앨리스를 괴롭혔다. 너무나 충격이 커서 머릿속이 텅 빈 기분이었다. 로빈에 대한 걱정도 잠시 잊을 만큼.

"너무 많은 얘기를 한 것 같군."

미케가 거칠게 내뱉었다.

"나머진 내일 학교에서 알려주지. 그럼 안녕."

전화가 끊어졌다.

앨리스는 잠시 휴대폰을 손에 든 채 멍하니 허공을 바라봤다.

카트야, 카트야, 카트야… 앨리스는 도저히 믿을 수 없었다. 하지만 적어도 야레드가 로빈의 실종과 관련 없다는 건 확실했다. 카트야가 그런 짓까지 할 아이는 아니었다. 아무리 실망하고 화가 났더라도 카트야는 그럴 친구가 아니라고 앨리스는 생각했다.

그럼에도 불구하고 지난번에 로빈이 두 녀석한테 맞는 걸 봤다고 한 카트야의 말이 사실인지도 자꾸만 의심스러웠다. 카트야가 굳이 그런 거짓말을 지어낼 이유가 있을까? 로빈은 미친 리타와는 아무 상관 없는데. 미케와 카트야가 참을 수 없었던 건 질주하는 리타의 광기가 아니었던가?

못되고 냉소적인 리타, 주위의 모든 것을 조롱하고 절대로 자기 잘못을 인정할 줄 모르는 아이.

하지만 카트야는 질주하는 리타의 블로그 글을 함께 보며 배꼽 잡고 낄낄거렸던 절친이 아닌가? 그 모든 게 거짓이라고? 그럼 왜 질주하는 리타가 싫다는 말을 하지 않았지? 대체 왜? 왜?

앨리스는 알았다는 듯 손바닥으로 이마를 쳤다. 하지만 문득 지금 이 순간은 그게 문제가 아니라는 사실을 깨달았다. 그렇다. 지금은 로빈의 일이 우선이다.

이제 엄마가 시킨 일부터 지체 없이 처리해야 한다. 아빠한테 전화를 해야 한다.

휴대폰을 열고 아빠의 전화번호를 찾고 있을 때 현관 벨이 울렸다. 앨리스는 튕기듯이 일어나 현관문으로 달려갔다. 혹시 로빈이 아닐까, 앨리스는 간절히 기도했다.

앨리스는 현관문을 열고 밖을 내다봤다.

문 밖에 서 있는 사람은 다름 아닌 로빈이었다. 앨리스는 그 순간만큼 로빈이 가냘프게 보인 적이 없었다. 그야말로 처량한 몰골이었다.

"로빈! 하느님, 감사합니다!"

앨리스는 중얼거리며 로빈의 옆에 쪼그리고 앉았다.

"흠흠······"

갑자기 머리 위에서 귀에 익은 목소리가 들려왔다.

"혹시 내가 널 따라왔다고 생각할까 봐 하는 말인데, 진짜 우연이야. 쇼핑센터에서 돌아가는 길에 울고 있는 얘를 만난 거야. 학교 선배 두 놈이 스카프랑 용돈을 뺏어갔다고 하더라. 집에 가서 말하면 내일 또 때리겠다고 그놈들이 협박해서 집에 갈 엄두를 못 내고 있었대. 너희 엄마가 알면 한바탕 난리 피울 게 분명하니 겁이 난 거지. 그래서 내일 아침까지 공원 벤치에 앉아 밤새울 작정이었던 거야. 저녁엔 엄청나게 추울 거라고 겁을 줬더니 그제야 마음을 돌리더라. 엄마한테 잘 말해주겠다고 달래서 겨우 데리고 왔어. 사실 얘가 네 동생이라는 건 널 보고서야 알았어."

앨리스의 눈앞에는 하얗게 빛나는 이를 드러내며 싱긋 웃고 있는 여드름 난 남자애가 서 있었다.

"에드가! 하느님이 널 보내주셨구나!"

앨리스는 믿을 수 없다는 듯이 소리쳤다.

" 17장 "
미행자

　다음 3주는 앨리스의 인생에서 가장 씁쓸하면서도 행복한 시간이었다.

　앨리스는 그동안 어렴풋이 짐작하고 있었던 상황을 분명히 깨닫게 되었다. 자기가 인기를 누리고 있었던 게 아니라 실은 수많은 사람들에게 상처를 안겨주었다는 것을 말이다. 그리고 질주하는 리타가 아닌 앨리스 스스로 그 책임을 져야 했다. 비로소 모든 것을 제대로 보게 된 앨리스는 몹시 부끄러웠다.

　카트야의 행동은 좀 이해되지 않는 부분이 있었다. 처음에는 카트야가 털어놓은 말을 그대로 믿었다. 자기를 조롱하는 글을 블로그에 올린 것에 화가 나서 오래전부터 복수의 칼날을 갈고 있던 미케가 먼저 그걸 제안했다는 것도.

　야레드란 이름으로 이메일을 보낸 녀석을 밤새 찾던 카트야가 미케한테 조언을 구하자 미케는 앨리스한테 복수할 좋은 기회라고 여겼다. 그래서 야레드인 척 이메일을 보내자고 카트야한테 제안했고, 카트야는 재미있겠다 싶어 동조한 것이다.

그동안 카트야는 앨리스한테 여러 번 질주하는 리타의 블로그에 불만을 품은 학생들과 선생님들이 많다는 걸 경고하려 했다. 블로그 글을 읽으며 유쾌하게 웃어넘기는 이들은 이제 거의 없었다. 하지만 그때마다 앨리스는 말도 못 꺼내게 하며 질주하는 리타 블로그야말로 학내의 자유로운 여론을 표출할 수 있는 공간이라고 우겼다.

"앨리스는 질주하는 리타 닉네임을 쓰면서부터 애가 완전 변했어. 눈에 보이는 건 죄다 비아냥거리는 애가 돼버렸어. 이젠 나한테까지 그런다니까." 카트야는 미케한테 불평했다. "그래야 사람들이 자기 블로그 글을 더 많이 읽을 거라고 생각하는 것 같아."

"그러게 말이야. TV에 차고 넘치는 멍텅구리 시트콤들만 봐도 알 수 있잖아." 미케가 말했다. "대부분 다른 사람을 놀리는 걸로 인기를 얻거든. 게다가 시청자들은 출연자가 망가지는 걸 보는 걸 좋아하지. 오디션 프로그램이 왜 그렇게 인기가 많겠어? 잘나가는 음악가나 슈퍼모델, 댄서들로 이루어진 심사위원단은 참가자를 조롱하고 시청자들과 함께 비웃는 걸 얼마나 좋아하는지 몰라. 그렇지만 그들 역시 바보야. 단지 그걸 깨닫지 못할 뿐이지.

자기들이 신이라도 되는 것처럼 다른 사람을 평가하고 깔아뭉개는 걸 즐기다니, 정말 웃기는 일이야. 안 그래?"

카트야는 놀랐다. 미케가 그런 생각을 하고 있는 줄은 꿈에도 몰랐다. 미케도 종종 재미 삼아 다른 애들을 놀리는 걸 좋아하는 타입이었기 때문이다.

"글쎄, 너도 못지않지. 그런 멍청한 소리 잘만 했잖아?"

카트야는 따끔하게 쏘아붙였다.

미케는 입술을 일그러뜨리며 말했다.

"맞아. 나도 그렇게 길들여져버린 거야. 내가 생각해도 너무 짜증나지만 말이야."

물론 변명치고는 너무 허술했고, 두 사람도 그걸 잘 알고 있었다. 어쨌든 카트야는 미케와 함께 야레드 행세를 하며 앨리스를 놀려먹기로 뜻을 모았다.

"넌 친구로서 앨리스를 돕는다고 생각하면 돼. 아직 자기 잘못을 깨닫지 못하는 것 같으니까 야레드를 이용해서라도 눈을 뜨게 해줘야지."

사실 카트야는 양심에 걸리긴 했다. 그렇지만 앨리스한테 사실대로 털어놓고 싶지는 않았다.

그 뒤 3주 동안 앨리스는 카트야와 나눈 대화를 곰곰이 되새기며 카트야가 자기를 속인 데에는 다른 이유도 있지 않았을까 하는 의심을 떨칠 수가 없었다. 바로 에드가였다. 사실 카트야는 에드가를 좋아하고 있었는데 그 애가 앨리스한테 관심이 있다는 걸 알고 견딜 수 없었을 것이다. 예쁘고 당당하며 재치 넘치는 앨리스. 그렇다. 가장 친한 친구이고 좋아하는 친구임에 틀림없지만 카트야의 마음속 깊은 곳에는 항상 앨리스를 향한 질투의 불길이 일렁이고 있지 않았을까.

둘 사이의 우정이 이전처럼 회복되려면 시간이 좀 걸릴 것이다. 어쩌면 영영 불가능할지도 모른다. 모든 비밀이 드러나버린 지금에 와서는.

하지만 미케는 전혀 후회하는 기색이 없었다. 야레드인 척했던 자신의 행동에 대해 당당했으며, 눈곱만큼도 부끄러워하지 않았다.

"내가 뭘 잘못했는데? 넌 한번 호되게 당해봐야 해. 사람들의 사생활을 침해하고 건드렸잖아."

미케는 끝까지 자신의 의견을 굽히려 들지 않았다.

앨리스는 미케의 생각에 동조할 수 없었다. 질주하는 리타가 온 사방에 너무나 많은 화살을 쏘아대고 있다는 걸 깨닫고 난 뒤 어느 정도 자기 잘못을 인정하고 리타를 영원히 묻어버리기로 결심하지 않았던가.

그에 비하면 미케의 행동은, 특히 남몰래 동영상을 찍어 마이무브스에 올린 것은 앨리스가 블로그에서 저지른 것보다 훨씬 심각한 사생활 침해였다.

미케와 얘기하던 중 카트야가 동영상을 만드는 데는 전혀 관여하지 않았다는 사실을 알게 되어 그나마 다행이었다. 오히려 카트야는 그 일로 미케와 심한 말다툼을 벌이기까지 했다고 한다.

사실을 알고도 앨리스는 씁쓸한 기분을 떨칠 수가 없었다.

그럼에도 불구하고 앨리스의 삶에 행복이 찾아온 건 분명 에드가 덕분이었다. 언제 어떻게 시작되었는지 알 수 없지만 앨리스는 에드가와 사랑에 빠졌다. 어쩌면 로빈을 데리고 현관문 앞에 나타나 싱긋 웃던 그 순간이 진정한 불꽃이 피어오른 때가 아닐까?

이자벨 아베디의 소설에 나오는 수호천사와 거의 똑같다고 앨리스는 생각했다.

에드가는 로빈을 아무 탈 없이 집으로 데리고 왔을 뿐 아니라 로빈을 괴롭힌 두 녀석을 단단히 혼내주겠다고 앨리스의 부모와 로빈에게 약속했다. 그리고 당장 그 다음날 학교에서 로빈의 애장품인 하노버96 스카프와 용돈 5유로 40센트를 되찾아 주었다.

그런데 그것들을 어떻게 되찾았는지에 대해서는 에드가는 절대 입을 열지 않았다. 아무리 앨리스 엄마가 캐물어도 고개를 저을 뿐이었다. 어떤 폭력도 개입되지 않았고, 앞으로 두 녀석 때문에 로빈이 걱정할 일은 없을 거라고 에드가는 장담했다.

"절대로 로빈을 건드리지 않을 겁니다. 백 퍼센트 확실해요."

어쩌면 크루거 카페에서 앨리스의 손을 잡고 정신이 아득해지도록 쳐다보던 그 순간에 사랑이 시작된 것인지도 모른다. 카트야가 늘 얘기한 것처럼 훨씬 이전에 시작되었을 수도 있고.

사실 앨리스가 에드가에 대한 자신의 감정을 언제 확실히 깨달았는지는 중요하지 않았다. 중요한 것은 두 사람이 서로에 대해 같은 감정을 품고 있었으며 마침내 그것을 확인했다는 사실이었다.

*

앨리스는 에드가와 크루거 카페에서 4시에 만나기로 약속했다. 15분 전에 시내에 도착한 앨리스의 심장은 벌써부터 갈비뼈 밖으로 튀어나올 듯이 뛰고 있었다.

그런데 불쑥 그가 나타났다.

어떤 남자가 따라온다고 느낀 건 큰 도로를 건너 작은 신발가게들이 늘어서 있는 골목으로 막 들어섰을 때였다. 그 남자는 일정한 거리를 두고 앨리스가 가게 앞 쇼윈도 앞에서 걸음을 멈출 때마다 같이 멈추면서 줄곧 따라왔다.

처음엔 그러거나 말거나 신경 쓰지 않았다. 그러다 뒤를 휙 돌아보자 남자가 얼른 몸을 숨겼다. 앨리스는 서서히 두려움에 휩싸이기 시작했다.

그 사람이 나를 따라오고 있어. 앨리스의 마음속에 불길한 생각이 스쳐갔다. 하지만 이내 자신을 다독거렸다. *넌 피해망상에 사로잡혀 있어. 야레드에 대한 악몽에서 아직 헤어나지 못한 거야.*

다시 길을 걸으며 앨리스는 여러 번 뒤를 돌아봤는데 그때마다 남자는 고개를 돌리거나 가게 안으로 들어가버리곤 했다.

앨리스는 지나가는 행인에게 이 사실을 알려야 할지 고민했다. 듬직해 보이는 아저씨를 붙잡고 도움을 청해볼까? 하지만 한편으로 어처구니없다는 생각도 들었다. 그래봤자 무슨 일이 일어나겠어? 지금은 벌건 대낮인 데다 수많은 사람들이 거리에 나와 있다. 게다가 쇼핑센터까지는 몇 분 거리밖에 안 된다. 몇 개의 가게만 더 지나면 크루거 카페에 앉아 있는 에드가의 품속으로 뛰어들 수 있을 거야.

에드가의 부드러운 입술과 단단한 팔을 떠올리자 앨리스의 얼굴에 슬며시 미소가 떠올랐고 그 순간만큼은 뒤를 따라오는 남자의 존재를 잊어버릴 수 있었다.

그때 갑자기 누군가 앨리스의 어깨를 두드렸다. 앨리스는 깜짝 놀라 뒤를 돌아봤다.

"뭐 하시는 거예요?"

앨리스는 본능적으로 소리 지르며 한 걸음 물러섰다.

"저, 나 모르겠어요?"

불안한 듯 두 손을 다리에 비벼대며 남자가 말을 걸었다.

앨리스는 의아한 눈빛으로 남자를 쳐다봤다.

"네?"

그제야 앨리스의 머릿속에 기억이 되살아났다. 눈앞에 서 있는 사람은 슈퍼맨이었다. 몇 주 전 의식을 잃고 쓰러진 아저씨를 목격한 그날 불쑥 나타나 앨리스를 도와줬던 남자.

"아, 그렇군요. 이제 생각이 났어요."

앨리스는 살짝 미소를 지으며 말했다.

남자는 고개를 흔들었다.

"너 말이야."

"네?"

당황한 앨리스는 눈썹을 찡그렸다.

남자는 머쓱하게 웃었다.

"나한테 그렇게 공손히 존대할 필요는 없어. 난 그렇게 나이 많은 사람이 아니거든."

"아… 알았어요. 그럼 뭐, 이제부턴 편하게 말할게요."

앨리스는 잠시 생각에 잠겼다가 말을 이었다.

"근데 지난번엔 왜 갑자기 사라졌어요?"

남자는 어깨를 으쓱하더니 이내 시선을 떨구었다.

"아무튼……"

앨리스는 목소리를 가다듬고 이마에 흘러내린 머리칼을 쓸어 올렸다.

"도와줘서 고마웠어요. 근데 남자친구가 기다려서 그만 가봐야 겠네요."

순간 그가 약간 움찔하는 듯했다. 하지만 잘못 본 건지도 모른다.

"그럼 안녕히."

앨리스는 서둘러 말하고 몸을 돌려 걸어가려 했다.

"안 돼, 기다려!"

그가 갑자기 찢어지는 듯한 소리를 냈다. 흥분을 억누르지 못한 목소리였다.

앨리스는 잠시 발을 멈췄다.

"미안하지만 나 진짜 가봐야 해요."

앨리스는 약간 짜증스럽게 말을 내뱉고는 천천히 남자에게서 몸을 돌렸다. 뭔가 이상하다는 생각이 들었다. 기절한 아저씨에게 도움을 줬던 그날의 모습과는 사뭇 달랐다. 그때는 훨씬 침착하고 어른스럽게 보였는데.

"알았어. 그래."

그는 약간 실망한 듯한 말투로 중얼거리며 고개를 떨어뜨렸다.

"난 그냥 인사나 하려던 거였어."

"네, 그래요……"

앨리스는 천천히 대답했다. 왠지 기분이 좋지 않았다.

"이제 정말로 가봐야겠어요. 아까도 말했지만 약속이 있거든요."

그가 고개를 들어 앨리스의 눈을 똑바로 바라봤다. 그의 눈꺼풀이 파르르 떨렸다.

"근데… 여기… 더… 더 있으면 안 돼?"

그는 거의 울음을 터트릴 것 같은 목소리로 말했다.

순간 앨리스는 등골이 서늘해졌다.

"저기요, 내 남자친구가……."

앨리스는 부러 퉁명스럽게 대꾸했다.

"아, 그렇지… 당연히 그게 중요하겠지."

그는 기분 나쁘다는 듯이 말을 받았다.

"그럼요."

앨리스는 자르듯 말하고 재빨리 그 자리를 떠났다.

"근데, 잠깐만……."

그가 다시 앨리스를 불렀다.

하지만 앨리스는 걸음을 멈추지도, 돌아보지도 않았다. 쇼핑센터를 향해 달려간 앨리스는 유리문을 열고 후다닥 안으로 뛰어들었다. 에스컬레이터를 타고 이층 크루거 카페까지 가는 데는 20미터도 채 안 걸릴 거야……. 앨리스는 마음속으로 거리를 재면서 걸어갔다. 에스컬레이터 계단에 발을 올리고 나서야 앨리스는 흘깃 뒤를 돌아봤다. 입구에는 수많은 사람들이 드나들고 있었다.

그 남자의 자취는 어디에도 보이지 않았다. 앨리스를 따라오지 않은 게 틀림없었다. 앨리스는 안도의 한숨을 크게 내쉬었다.

에스컬레이터에서 앨리스 앞에 서 있던 키 큰 금발 여자가 앨리스 쪽을 돌아보며 불안한 표정으로 물었다.

"왜, 어디 아프니?"

"네?"

앨리스는 당혹감을 감추지 못하고 되물었다.

"조금 전에 신음소리를 내기에 어디 다쳤거나 아픈가 해서."

앨리스는 고개를 저었다.

"아니에요. 괜찮아요."

앨리스는 숨을 삼키며 억지로 웃음을 지어 보였다.

"근데 얼굴이 아주 창백해 보이네."

여자가 걱정스러운 표정으로 앨리스를 바라봤다.

"아니에요. 걱정 마세요."

앨리스는 호기를 부리며 아무렇지도 않은 듯 주위를 둘러봤다.

에스컬레이터에서 내린 앨리스는 곧장 카페로 갔다. 다행히도

막 안으로 들어가는 에드가를 입구에서 만났다.

"에드가."

"야, 딱 맞춰서 왔네……."

에드가가 몸을 돌리며 웃음 짓다가 앨리스의 창백한 얼굴을 보고 표정이 금세 굳어졌다.

"무슨 일이야? 너, 진짜 이상해 보인다."

에드가가 초조한 듯 물었다.

앨리스는 갑자기 자신이 너무 작고 초라하게 생각되었다. 언제부터 내가 이런 하찮은 일로 호들갑을 떨게 되었을까? 앨리스는 속으로 물어봤다. 얼마 전만 해도 이런 아이가 아니었는데. 어쩌다 보니 별것 아닌 일에도 독거미에 물린 사람처럼 날뛰는 사람이 돼버렸다. 양말 바람으로 집에서 뛰어나오질 않나……

앨리스는 손으로 가슴을 누르며 말했다.

"걱정 마. 이제 다 해결됐으니까. 근데 나 좀 안아줄래?"

그 소리에 에드가의 굳은 얼굴이 펴졌다.

"물론이지. 그보다 더 좋은 일이 어디 있겠어."

다정하게 말하며 에드가는 앨리스를 끌어안았다.

앨리스가 하루 종일 애타게 기다린 순간이었다.

" 18장 "
사이코패스

길가에 있는 집 뒤쪽으로 돌아간 그는 가로등에 기대고 가쁜 숨을 몰아쉬었다.

다리가 후들거려 서 있을 수가 없었다. 금방이라도 쓰러질 것만 같았다.

그는 바닥에 털썩 주저앉아 앞으로 윗몸을 내밀고 이마를 아스팔트에 댔다.

한동안 그런 자세로 꼼짝도 하지 않고 있다가 겨우 앓는 소리를 내며 몸을 일으켰다.

숨쉬기가 한결 수월했다. 심장의 고동도 정상으로 돌아왔다. 토할 것 같던 속도 어느새 가라앉았다.

그는 천천히 주먹을 쥐고 온 힘을 다해 가로등 기둥을 쳤다.

아픔도 느껴지지 않았다. 오로지 분노만 커질 뿐이었다. 억제할 수 없는 분노와 증오가 솟아올랐다.

그녀가 증오스러웠다. 마음속 깊은 곳에서 미움이 솟구쳤다.

멍청한 암소 같으니라구. 정신 못 차리게 유혹할 때는 언제고, 매몰차게 돌아서버린 나쁜 계집애.

똥 덩어리.

암캐.

창녀.

그렇다. 역겨운 싸구려 창녀, 그 계집애는 그런 존재였다.

결국 그럴 거면서, 눈곱만큼도 관심을 보이지 않을 거면서, 도대체 왜 인터넷에 자기 이야기를 그렇게 늘어놓고 또 '사랑하는 야레드', '나의 왕자님' 어쩌고저쩌고하는 메일을 나한테 보냈단 말인가?

도대체 왜?

그래도 여전히 그는 그녀를 사랑하고 있었다.

다시 한 번 그는 가로등 기둥을 힘껏 주먹으로 쳤다. 그리고 천천히 돌아서는 순간 한 여자가 몇 미터 떨어진 거리에서 쏜살같이 뛰어가는 게 보였다. 흘깃흘깃 뒤를 돌아보면서 여자는 미친 듯이 그에게서 도망치고 있었다.

"얼른 도망쳐, 이 나쁜 년아. 잡히면 나한테 맞는다!"

여자를 향해 소리 지르다가 문득 바보 같은 짓임을 깨달은 그는 자신의 손목을 아프게 깨물었다.

멍청하고 어이없군. 또다시 패배자가 되다니.

그들의 목소리가 들렸다.

"어이, 땅딸이 루저 돼지야, 돼지랑 키스해. 얼른 돼지랑 쪽쪽거려봐, 쪽쪽거려보라고!"

그는 두 손으로 귀를 틀어막았지만 그 소리는 점점 커질 뿐이었다.

"얼른 돼지랑 쪽쪽거려봐, 쪽쪽거려보라고!"

그는 귀를 막은 채 몸을 돌려 도망치기 시작했다. 처음에는 천천히, 그러다가 점점 더 빨리 뛰었다.

그들의 목소리는 합창이 되어 울려 퍼졌다.

"도망쳐, 뚱보 돼지야. 어서 도망치라고! 더 빨리 도망쳐. 살고 싶으면 도망치라니까! 뱃살을 출렁이면서 말이야! 어서!"

그는 귀에서 손을 떼고 팔을 휘둘러 속력을 냈다. 다리에 힘이 풀릴 때까지 죽을힘을 다해 뛰었다.

그러다 문득 걸음을 멈추고 가만히 귀를 기울였다.

모든 것이 조용했다. 목소리들도 사라졌다. 오로지 자신의 심장 박동 소리만 들릴 뿐이었다.

숨을 헐떡이며 그는 주위를 돌아봤다. 자신이 어디에 와 있는지 알 수 없었다. 질풍처럼 달리는 그를 보고 사람들이 놀라거나 신기해서 쳐다보는 것도 그는 전혀 의식하지 못했다.

그는 북미 전역을 3년에 걸쳐 마라톤으로 종주한 포레스트 검프라도 된 기분이었다. 물론 그가 달린 시간은 채 30분이 안 되지만. 그럼에도 불구하고 그의 눈앞에는 자전거를 타고 떼거지로 쫓아오는 아이들한테 쫓겨 도망치다가 어느 순간 자신이 훌륭한 달리기 선수라는 걸 깨닫는 포레스트 검프의 모습이 떠올랐다.

그도 무엇인가를 잃었고, 자신에 대해 새로운 것을 알게 되었다.

지방덩어리, 아주 많은 지방덩어리를 그는 잃었다. 늘 이웃 아이들의 놀림감이 되었던 뱃살이 출렁대는 수퇘지에서 젊고 근육질의 몸매를 자랑하는 남자로 변신했다.

지난 몇 년 동안 몸매를 가꾸는 데 얼마나 많은 노력을 쏟아 부었는지 모른다. 작고 뚱뚱한 빨강머리 소년의 모습은 간데없고 더할 나위 없이 멋진 외모의 남자가 될 때까지 그는 자신을 채찍질했다. 당근처럼 빨갛던 머리를 검은색으로 염색하고 나니 자신의 외모에 완전히 만족할 수 있게 되었다. 이제 드디어 준비가 된 것이다.

그녀를 위해.

인생의 동반자인 그녀.

그와 똑같이 아름답고 완벽한 여자애.

그는 인터넷에서 처음 그녀를 발견했다. 그녀를 실제로 만나기 위해 지구 반대편이라도 쫓아갈 각오까지 했었다. 하지만 다행히도 그녀는 그와 아주 가까운 거리에 살고 있었다.

앨리스.

그의 동반자였다.

인터넷에서 앨리스를 발견하고 사랑에 빠진 것은 벌써 1년도 더 된 일이다. 하지만 그는 완벽한 순간이 오기를 기다리며 자신을 억누르고 있었다.

몇 주 전에 그녀는 드디어 열여섯 살이 되었다. 달콤하고 매력적인 열여섯 살. 그토록 기다리던 날이 온 것이다.

하지만 앨리스가 그의 첫사랑은 아니었다. 그녀 이전에 두 명의 소녀가 있었다.

첫 번째는 이웃에 살던 밝은 금발의 곱슬머리 여자애였다. 그런데 그녀는 어느 날 갑자기 어디론가 사라져버렸다.

부모로부터 독립해 처음으로 집을 구했는데, 이사를 온 지 며칠 되지 않아 노동청에서 직업훈련 과정을 수료하지 않으면 정착지원금을 줄이거나 중단하겠다는 통보가 왔다. 그는 내키지 않았지만 어쩔 수 없이 컴퓨터 과정에 등록했고 그곳에서 인터넷의 무한한 가능성에 매료되었다. 하지만 아침부터 저녁까지 꼬박 컴퓨터 수업을 듣는 동안 그의 이상형인 그 금발머리는 부모와 함께 다른 도시로 이사를 가버렸다. 너무도 갑작스럽게 일어난 일이라 눈치챌 겨를도 없었다.

두 번째 여자애는 앨리스와 마찬가지로 인터넷을 통해 찾아냈다. 세상에, 어쩌면 이렇게 순진한 것들이 많지? 행복에 겨워 그는 혼자 탄성을 질렀다. 흑갈색의 머리칼을 가진 여자애의 이름은 레오니였는데, 자신에 대한 얘기를 인터넷에 시시콜콜 늘어놓곤 했다. 레오니의 근황을 계속 파악하는 건 식은 죽 먹기였다. 이번에는 지난번의 금발 천사처럼 놓치는 일이 절대 없을 거야. 조심해서 지켜봐야지.

그런데 어느 날부터 레오니가 슐러VZ의 프로필 칸에 종종 마르쿠스란 이름을 언급하기 시작했다. 그러다 얼마 되지 않아 마르쿠스란 남자친구가 생겼다고 공개적으로 떠드는 걸 보고 그는 충격을 받았다. 그 바보 자식이 그녀를 먼저 뺏어가버렸구나! 인터넷에 지껄인 내용을 봐서 레오니는 분명 그놈과 갈 데까지 간 게 분명했다.

그후 그는 레오니에게 흥미를 잃었다. 대신 완벽한 열여섯 살의 처녀가 자신의 운명적인 상대가 되었다. 오로지 자신을 위해 준비된 처녀 말이다.

그가 레오니에 대한 상실감에서 벗어나 새로운 동반자를 찾는 데는 꽤 오랜 시간이 걸렸다.

그러다 마침내 앨리스를 발견했다. 지금까지 본 애 중에서 가장 아름다운 소녀였다. 아직 열여섯 살이 되지 않았지만 얼마든지 기다릴 수 있었다. 그리고 이번에는 레오니 때처럼 가까이서 지켜보기 위해 독일을 반 바퀴 이상 돌아 여행할 일도 없었다. 노동청에서 알선해준 직장에서 일하긴 했지만 그녀와 가까운 곳에 살고 있으므로 그녀가 방에 있는 모습을 볼 수도 있고, 시내 혹은 학교에서도 맘만 먹으면 볼 수 있었다.

그러다 앨리스의 학교에 관리인 보조로 취직이 되었을 때는 마치 운명의 부름을 받았다는 생각이 들었다. 모든 것이 완벽하게 진행되고 있었다.

너무나 완벽하게.

그런데 저 어리고 멍청한 계집애가 무슨 짓을 한 거지? 다른 녀석을 좋아한다지 않는가! 심지어 그놈을 남자친구라고 부르기까지 했다!

이젠 행동에 나서야 한다. 그것도 당장. 레오니 때와 같은 일이 또다시 되풀이되어선 안 된다.

그놈보다 더 빨리 행동에 나서야 한다. 그의 몸은 준비가 되어 있었다. 그것도 확실히.

앨리스, 넌 완벽한 열여섯 살 소녀야.

널 나의 여자로 만들어주겠어.

내가.

그놈이 아니라!

"앨리스⋯⋯."

저절로 신음소리가 새어나왔다. 뜨거운 전율이 온몸을 타고 흘렀다. 그는 몸서리를 치면서 눈을 떴다.

어느 순간 그는 그녀의 집이 보이는 거리에 서 있었다. 자기도 모르는 사이에 이곳으로 달려온 것이다.

그의 무의식이 이곳으로 그를 끌고 왔다. 그녀를 얻기 위해, 그리하여 마침내 그녀가 운명처럼 그의 여자가 될 수 있도록.

그는 주위를 둘러봤다. 거리에는 지나다니는 사람이 거의 없었다. 게다가 점점 어둠이 밀려들고 있었다. 그렇지만 이곳은 목적을 이루기에 좋은 장소는 아니었다. 거리에는 가로등이 많으니까.

이제 앨리스가 자신을 순순히 따라오지 않으리라는 사실이 확실해졌다. 쇼핑센터 안으로 죽을힘을 다해 도망치지 않았던가.

그녀는 미처 깨닫지 못했을 뿐이다. 그 멍청한 놈이 아니라 내가 그녀의 짝이라는 운명을 아직 모르는 것뿐이다.

계획을 세워야 한다.

지금 당장.

66 19장 99
습격

앨리스는 코코아 잔을 내려놓고 메고 왔던 백팩을 뒤져 손수건을 찾아냈다. 요란스럽게 코를 풀고 난 앨리스는 갑자기 손바닥으로 이마를 탁 쳤다.

"아, 이제 알겠어. 어디서 그 사람을 만났는지."

"누구 얘기야?"

앨리스는 에드가를 쳐다봤다. 앨리스 쪽으로 몸을 바짝 기울이고 있어서 그의 따뜻한 숨결이 얼굴에 닿을 듯했다. 앨리스는 이 순간이 오래도록 계속되었으면 하는 마음이 간절했다.

하지만 조금 전 일이 다시 떠오르면서 에드가한테 얼른 털어놓아야겠다는 생각이 들었다.

"잠깐만 얘기하자며 귀찮게 따라온 남자가 있었어. 쇼핑센터 앞에서 만났는데, 그전에 나를 미행했던 것 같아. 분명해."

에드가가 얼른 자세를 바로 했다.

"뭐? 그런 얘기를 왜 이제야 하는 거야?"

"사실 너한테 얘기 안 하려고 했었어." 앨리스는 고백했다. "야 레드 사건도 있고, 그런 얘기를 한다는 게 피곤했거든. 네가 날 이상한 애로 생각할까 봐 걱정스럽기도 했고."

그러자 에드가가 불쑥 말했다.

"맞아, 난 널 완전 이상한 애라고 생각해. 근데 그래서 널 사랑 하는 거야."

앨리스는 얼굴이 화끈거렸다. 심장이 마구 두근대기 시작했다.

사랑. 방금 나를 사랑한다고 말했지?

"음⋯⋯."

앨리스는 목을 가다듬으며 아무 말도 하지 않았다.

에드가는 그녀를 심각한 표정으로 바라봤다.

"미안, 네 얘길 방해하려던 건 아냐. 그래, 무슨 일이 있었는 데?"

앨리스는 일단 헛기침을 하고 나서 입을 열었다.

"몇 주 전 골목길에 쓰러져 있는 아저씨를 발견했어. 아마 넘어 지면서 길바닥에 머리를 부딪힌 것 같았어. 아무튼 아저씨는 의식 이 없었고 난 어찌해야 할지 몰라 망설이고 있었지. 그때 갑자기 젊은 남자가 나타나더니 쓰러진 환자를 돌보고 앰뷸런스를 불렀어. 나중에 보니 어디론가 사라지고 없더라구."

앨리스는 잠시 말을 멈추고 숨을 골랐다. 그 틈을 타서 에드가가 말했다.

"슈퍼맨. 네가 학교 블로그에 썼잖아."

학교 블로그에 대한 언급에 앨리스는 갑자기 온몸이 오그라드는 느낌이었다. 그녀는 살짝 고개를 끄덕였다.

"맞아, 슈퍼맨. 물론 약간 비꼬긴 했지만. 사실 남을 비꼬는 게 지난 2년 동안 내 유일한 무기였으니까."

앨리스는 씁쓸하게 말했다.

"꼭 그렇진 않아. 너무 자책하지 마." 에드가는 그녀를 위로했다. "물론 한두 번 정도 헛소리를 한 적은 있지. 그렇지만 미케나 카트야가 말한 것처럼 그렇게 심각한 정도는 아니었어. 그 얘긴 이미 수십 번 했을 텐데."

에드가는 앞으로 몸을 기울여 그녀의 손을 잡았다.

"얼른 계속 해봐."

그러곤 손가락으로 앨리스의 손등을 부드럽게 쓰다듬으면서 다음 말을 재촉했다.

앨리스는 그의 눈 속에 가득 찬 사랑을 확인하고 마음이 가라앉았다.

"고마워."

그녀는 속삭였다.

"어째서?"

"네가 내 옆에 있어주고 나를 좋아해줘서. 난 항상 너한테 못되게만 굴었는데 말이야."

에드가는 고개를 끄덕였다.

"자, 어서 계속 해봐."

"사실 더 할 얘기도 없어. 그게 다야. 그때 그 사람은 아주 예의 바르게 행동했고, 특별히 날 괴롭히지도 않았으니까. 그렇지만 아까 날 가로막고 완전 기분 상한 말투로 자기를 못 알아보냐고 했을 땐 왠지 불길한 느낌이 들었어. 그래서 도대체 그 사람을 또 어디서 봤을까, 계속 기억을 되짚고 있었던 거야."

놀란 듯 에드가의 눈이 커졌다.

"그 슈퍼맨 사건 때 처음 만난 게 아니었어?"

앨리스는 고개를 저었다.

"물론 거기서 처음 본 게 맞아. 아니, 확실히 알아본 건 처음이라고 할 수 있겠지. 근데 그 사람을 어디서 봤는지 방금 기억이 났어. 최근에 학교에서 본 게 확실해."

"네 얘길 들어보면 학생은 아닌 것 같은데?"

앨리스는 고개를 끄덕였다.

"맞아, 학생은 아니야. 외모로 봐선 20대 초반이나 중반쯤 된 것 같아. 분명히 학생은 아닐 거야. 맞아, 학교에서 일하는 사람이야."

에드가의 눈이 더 커졌다.

"선생님이야?"

"아니, 학교관리인을 보조하는 임시직 직원이야. 근데 학교에서 처음 만났을 때 굉장히 우스꽝스러운 회색 코트를 걸치고 있던 게 기억났어."

"잠깐."

에드가는 앨리스의 손을 놓고 뒤로 몸을 기댔다.

"그러니까 네 말은 전성기 때 아널드 슈워제네거를 어설프게 흉내 내는 것처럼 보이는 그 학교 직원 말이야?"

"아마 그럴걸. 맞아."

"그 왜, 머리를 지나치게 새까만 색으로 염색했고, 뱀파이어처럼 이빨이 튀어나온 사람?"

"너, 진짜 기억력이 좋은 것 같다."

앨리스의 찬탄에 에드가는 고개를 끄덕였다.

"맞아. 왜냐면 바로 지난주에 그 사람이 날 계단에서 밀치는 바람에 굴러 떨어질 뻔했거든."

"뭐?"

앨리스의 눈이 휘둥그레졌다.

에드가는 고개를 끄덕였다.

"물론 그 사람은 미처 날 못 봤다고 우겼지만, 거짓말이야. 내가 그걸 모르겠어? 계단에서 날 일부러 밀치더라구. 알렉스가 붙잡아주지 않았다면 굴러 떨어졌을 거야. 알렉스도 그 사람 행동이 진짜 이상하다고 하더라."

앨리스는 숨을 크게 들이마셨다. 그리고 기도하듯 두 손을 모았다가 두 볼에 갖다 대며 혼잣말로 중얼거렸다.

"진짜 이상해, 그 사람."

에드가도 동의했다. 하지만 다음 순간 장난기 어린 미소가 피어올랐다.

"근데 사실 질주하는 리타의 태도랑 지금의 네 태도가 너무 달라 충격인걸?"

"그게 무슨 소리야?"

앨리스는 이해할 수 없다는 표정을 지었다.

"음… 네 블로그에 쓴 글을 보면 그 사람을 멋있다고 생각하는 것 같던데."

에드가가 놀리듯이 말하자 앨리스는 눈을 가늘게 떴다.

"이제부터 슈퍼맨이란 단어도, 질주하는 리타 그리고 학교 블로그란 단어도 절대 입에 올리지 마. 안 그러면……"

그녀는 위협하듯이 주먹을 치켜들었다.

"뜨거운 맛을 보여줄 테니까."

에드가는 활짝 웃었다.

"하하… 그렇다면 당연히 시키는 대로 해야지. 그리고 감히 입 밖에 낼 수 없는 그 사람에 대해 말하자면, 앞으로 조심해서 잘 살펴볼게. 그 남자가 자신이 네 슈퍼맨이라고 생각한다는 걸 알았으니까."

앨리스는 깔깔대며 머리를 흔들었다.

*

한 시간 후, 그들은 팔짱을 낀 채 시내를 벗어났다.

"내가 집까지 바래다줄게."

에드가의 말에 앨리스는 펄쩍 뛰었다.

"말도 안 돼. 너네 집에 가려면 엄청 돌아가야 하잖아. 게다가 라틴어 시험 때문에 공부할 게 산더미라면서? 또 아빠가 미국에서 전화하신다고 하지 않았니?"

에드가는 고개를 끄덕였다.

"맞아. 일곱 시에 전화하시기로 했어. 근데 그 남자가 다시 나타나면 어떡해?"

"그럼 급소를 콱 차줘야지."

앨리스는 활짝 웃으며 말했다.

에드가가 얼굴을 찡그렸다.

"어이쿠! 너 정말 못됐다!"

앨리스는 웃으며 머리를 뒤로 쓸어 넘겼다.

"그래, 그러니까 너도 날 화나게 하지 않도록 조심해."

"그럼 교차로까지라도 데려다줄게."

에드가는 못내 아쉽다는 듯 말했다.

"그래, 그럼 그렇게 하자."

에드가가 갑자기 걸음을 멈추더니 손을 가슴에 얹고 연극 대사를 읊조리듯 말했다.

"혹시 내 작은 가슴에 상처를 주는 건 아니겠지?"

앨리스는 미소를 지으면서 머리를 흔들었다.

"에드가, 너 정말 바보 같아."

에드가는 고개를 끄덕였다.

"난 사랑에 빠졌거든. 누구나 사랑에 빠지면 그렇게 돼. 나 자신도 어쩔 수 없다구."

그러면서 와락 앨리스를 끌어안았다.

"그만해!" 앨리스는 애원했다. "너, 라틴어 공부해야 하잖아. 네가 원하는 의과대 들어가려면 라틴어 점수 잘 받아야 하잖아."

그 말에 에드가는 앨리스를 놓아주었다.

"흠… 너에겐 돈 많이 버는 의사랑 결혼하는 게 더 중요한 일이구나?"

앨리스는 집게손가락으로 에드가의 이마를 톡톡 치면서 말했다.

"네, 그럼요, 의사 선생님. 그러니까 얼른 집으로 가시라고요. 나도 이제 집에 가야 해요. 지금쯤 부자 남자랑 결혼할 생각밖에 없는 교활한 누나랑 보드게임 하려고 로빈이 애타게 기다리고 있답니다."

에드가는 씩 웃었다.

"그럼 내일 보자. 이 심술쟁이 마녀야."

"안녕, 상사병에 걸린 수호천사야."

"수호천사라고?"

앨리스는 발끝으로 서서 에드가의 귀에 대고 속삭였다.

"맞아, 넌 나의 수호천사야."

그러곤 에드가의 코끝에 뽀뽀한 후 재빨리 돌아섰다.

"ICQ에 굿나잇 키스 하러 들어올 거지?"

에드가가 뒤에서 외쳤다.

"물론이지."

앨리스는 뒤도 돌아보지 않고 대답했다.

에드가는 앨리스가 눈앞에서 사라질 때까지 지켜보고 서 있다가 집으로 향했다.

한참 뒤 집 열쇠를 찾으려고 어깨에 멘 가방을 뒤적이던 에드
가는 〈새벽 세 시, 바람이 부나요?〉를 꺼냈다. 서점에서 앨리스를
위해 그 책을 산 에드가는 크루거 카페에서 선물로 줄 생각이었
다. 그때 무슨 말을 할지도 마음속으로 준비해뒀었는데.

"네가 서점에서 남의 눈치 보며 읽지 않아도 될 것 같아서. 자,
이건 네 책이야."

그래놓고 책에 관해 까맣게 잊어버리다니!

에드가는 망설이지 않았다. 가방에 다시 집 열쇠와 책을 집어넣
고 그는 앨리스한테 가기로 마음먹었다.

*

앨리스는 한껏 들뜬 기분으로 걸어가고 있었다. 인생은 아름다
워. 사랑에 빠지니 더더욱 환상적이야.

앨리스가 지나는 길에는 집집마다 크리마스 장식이 환히 빛나
고 있었다. 크리스마스이브까지 2주밖에 남지 않았다. 창문 밖의
불빛들이 이토록 아름답고 밝게 빛난 적은 없었던 것 같았다. 어
쩌면 너무 행복해서 내 마음이 크리스마스트리에 달아놓은 수천
개의 전구처럼 빛나는 건지도 몰라.

앨리스는 큰 도로를 지나 막다른 골목길로 접어들었다. 순간

아까 만났던 그 남자의 얼굴이 갑자기 생각났다. 참 이상한 남자야. 앨리스는 찜찜한 기분이 들었다.

그녀의 눈앞에 커다란 집 앞마당에 아름답게 장식된 전나무가 보였다. 그 불빛이 너무나 아름다워서 앨리스는 넋을 잃고 전나무를 바라봤다. 셀 수 없이 많은 작은 전구들이 그 집 앞마당을 따뜻하고 밝은 기운으로 감싸고 있었다.

앨리스는 두 팔을 뻗고 머리를 뒤로 젖히며 밤하늘을 올려다봤다. 만약 눈이라도 내린다면 난 행복해서 가슴이 터져버릴 거야.

바로 그 순간, 뒤에서 누군가가 팔로 앨리스의 목을 감고 크고 투박한 손으로 입을 틀어막았다.

앨리스는 온 힘을 다해 저항했다. 소리를 지르고 발로 차고 주먹질을 했다. 하지만 그건 생각일 뿐 공포에 사로잡혀 온몸이 마비가 된 것처럼 말을 듣지 않았다.

"조용히 해. 그럼 아무 일도 일어나지 않을 거야."

남자의 굵은 목소리가 귓가에 들려왔다.

앨리스는 입을 틀어막힌 채로 고개를 끄덕였다.

"좋아."

그렇게 말하고 남자는 그녀를 뒤로 끌어당겼다. 길가에서 몇 발짝만 더 가면 덤불숲이었다.

오, 하느님! 정신이 혼미해진 가운데 앨리스는 생각했다. 이건

악몽이야. 저 집 안에는 가족들이 저녁식사를 위해 모여 앉아 있네. 우리 집, 우리 가족도 저러고 있을 텐데. 이 남자는 대체 무슨 짓을 하려는 거지!

그는 깊숙한 덤불 속으로 그녀를 끌고 가더니 마침내 걸음을 멈추고 억센 힘으로 그녀를 바닥에 넘어뜨렸다.

뭔가 뾰족한 것이 뺨을 찌르는 바람에 앨리스는 가볍게 신음했다. 그와 동시에 오른쪽 갈비뼈 아래에 심한 통증이 느껴졌다. 나뭇가지나 뿌리 같은 것에 부딪힌 것 같았다.

"널 해치고 싶진 않아."

그가 앨리스의 뒤통수에 얼굴을 바짝 대고 말했다. 머리칼 사이로 그의 뜨거운 숨결이 느껴졌다.

"덤불 속에선 처음이군."

마치 후회하는 듯한 목소리였다.

"썩 좋은 장소는 아니야. 사실 점찍어놓은 곳이 있지만 지금은 선택의 여지가 없으니 할 수 없지."

앨리스의 심장이 튀어나올 듯이 고동쳤다. 그녀는 버둥거리며 몸을 일으키려고 했다.

하지만 남자는 앨리스의 손목을 낚아채더니 위로 들어 올려 끈으로 묶었다. 그런 다음 앨리스의 어깨와 엉덩이를 잡고 한순간에 몸을 뒤집어 눕혔다.

208

앨리스는 신음을 내뱉었다. 그녀는 두 눈을 크게 뜨고 눈앞에 가득 찬 어둠을 뚫어져라 응시했다. 천천히 다가오고 있는 억센 남자의 모습이 눈에 들어왔다. 얼굴에 뭔가를 뒤집어썼는지 눈과 입술밖에 보이지 않았다. 하지만 앨리스는 그가 누군지 단번에 알아봤다. 슈퍼맨이었다.

그가 몸을 앞으로 굽히더니 앨리스한테 키스하려고 했다. 공포에 사로잡힌 앨리스는 머리를 흔들며 그의 입술을 피했다. 그러자 남자는 한 손으로 앨리스의 목을 움켜잡고 꼼짝도 못하게 했다. 앨리스는 그나마 자유로운 다리를 휘둘러 남자를 걷어찼다. 하지만 이내 허벅지를 누르는 그의 몸무게에 짓눌려 고통스러운 비명을 삼켜야 했다.

이제 그녀는 완전히 무장 해제되었다. 비명을 지르려 했지만 나오는 건 가냘프게 캑캑거리는 소리뿐이었다.

"난 칼도 가지고 있어."

그가 낮은 목소리로 위협했다.

앨리스는 뱃속이 마비되고 심장이 멈추는 듯한 느낌이 들었다.

오, 하느님, 제발 도와주세요. 그가 나를 해치도록 내버려두지 마세요. 제발, 하느님. 이건 있을 수 없는 일이에요.

다음 순간 앨리스는 그의 손이 배에 닿는 걸 느꼈다. 패딩 재킷과 두꺼운 스웨터를 걷어 올리려 했지만 쉽지 않자 그는 앨리스의 재킷 지퍼를 내리고 다시 손을 스웨터 밑으로 집어넣었다.

앨리스는 절망에 사로잡혀 흐느끼기 시작했다.

"조용히 해!"

남자는 쉭쉭거리며 그녀의 목을 더 강하게 쥐었다. 스웨터 밑으로 집어넣은 그의 손가락이 점점 더 위로 올라가기 시작했다.

앨리스는 무서워서 구역질이 날 것 같았다. 식은땀이 나며 온몸이 부들부들 떨렸다.

갑자기 그가 손을 뺐다. 동시에 앨리스의 목을 움켜잡고 있던 손아귀의 힘도 누그러졌다.

"안 되겠어!"

그는 화가 난 듯이 소리쳤다. 그러곤 좁은 덤불숲에서 몸을 똑바로 세우더니 입고 있던 재킷을 벗기 시작했다.

"자, 날 똑바로 쳐다봐. 내 몸을 보라고!"

얼굴에 뒤집어쓴 검은 스타킹 사이로 쉭쉭거리며 그가 말했다.

허겁지겁 재킷을 벗어 옆에다 놓고 이어 셔츠까지 벗은 그는 얼굴에 쓴 스타킹마저 벗어버리고는 두 팔을 벌렸다.

예상대로 그는 아까 마주쳤던 그 남자였다. *슈퍼맨! 정말 그 남자가 맞구나. 이건 악몽이야!*

"자, 날 봐, 앨리스. 이 모든 게 네 거야."

그는 나지막이 키득거렸다.

앨리스의 눈은 그동안 어둠에 익숙해졌다. 그의 매끄러운 가슴과 근육, 그리고 납작하고 단단한 몸이 눈에 들어왔다. 하지만 우람한 상반신에 비해 그의 머리는 거의 애처로울 정도로 왜소해 보였다.

"자, 말해봐. 날 어떻게 생각해?"

그는 흥분한 목소리로 속삭였다.

만약 끔찍한 공포의 상황만 아니었다면 앨리스는 참지 못하고 폭소를 터트리고 말았을 것이다. 흥분에 차서 씩씩거리는 그의 목소리가 말할 수 없이 우스꽝스럽게 들렸기 때문이다.

하지만 그녀는 그저 눈을 크게 뜨고 입술을 굳게 다문 채 두려움에 떨며 그를 바라봤다.

그가 다시 키득거렸다.

"나도 참 바보지. 한마디도 하지 말라고 해놓고선."

잠시 생각에 잠기는 듯하더니 그가 말했다.

"그럼 고개는 움직여도 돼."

그리고 다시 앨리스한테 물었다.

"그래, 내 모습이 맘에 드니?"

앨리스는 고개를 마구 내저으며 소리 지르고 싶었다. *아니! 이 변태, 미친 돼지 같은 녀석아!*

하지만 그녀는 소리를 지르는 대신 살짝 고개를 끄덕였다.

그가 두 손을 늘어뜨리며 그녀의 귀에 대고 속삭였다.

"넌 정말 사랑스러워, 달콤한 아가씨. 자, 약속할게. 우리한테 정말 멋진 시간이 될 거야. 우린 한 운명으로 맺어질 테니까."

뺨에 까칠한 수염이 닿는 게 느껴졌다. 앨리스는 역겨움과 두려움 때문에 몸이 뻣뻣해졌다. 심장이 터져버릴 것처럼 격렬하게 방망이질했다.

남자의 입술이 앨리스의 입술을 덮치려는 순간 그녀 머릿속에서 뭔가가 폭발하는 것 같았다.

앨리스는 고개를 옆으로 홱 돌리고 온 힘을 다해 비명을 질러댔다. 그리고 미친 듯이 오른쪽 다리를 내뻗어 그의 옆구리를 힘껏 찼다.

그는 잠시 얼어붙은 듯 가만히 있었다. 하지만 곧 온몸으로 앨리스를 덮치더니 우악스러운 손으로 앨리스의 입을 틀어막았다. 그러곤 앨리스의 몸을 울퉁불퉁한 땅바닥에 사정없이 밀어붙였다. 앨리스는 너무나 아파서 눈물이 절로 났다.

"이 못된 계집애!"

그가 으르렁거렸다.

"그럼 이제부터 거칠게 다뤄주지!"

그는 앨리스를 누르고 있던 몸을 살짝 들어 한 손으로 앨리스의 스웨터를 목까지 올렸다. 한쪽 다리로는 여전히 앨리스의 두

다리를 꼼짝 못하게 짓누른 채였다.

앨리스는 온몸의 피가 거꾸로 서는 것 같았다. 맥박이 미친 듯이 뛰었다.

제발, 제발 그러지 마! 오, 하느님!

"처음 여자가 되는 순간은……"

그가 거친 목소리로 으르렁거렸다.

"그리 즐겁지만은 않을 거야……."

그때 뭔가 둔탁하게 내리치는 소리가 들렸다.

" 20장 "
왜 하필 나를?

앨리스는 침대에서 몸을 일으켜 주위를 돌아봤다. 책상 위에는 카트야가 어제 준 작은 펭귄 인형 옆에 화사한 꽃이 꽂힌 화병이 놓여 있었다. 앨리스의 눈은 화병 옆에 놓인 사진 액자 속에서 환하게 웃고 있는 얼굴로 향했다.

에드가.

나의 수호천사. 앨리스의 심장이 갑자기 빠르게 고동치기 시작했다. *만약 네가 그때 나타나지 않았더라면……*.

앨리스는 한숨을 내쉬며 그 생각을 떨쳐내려고 애썼다. 지난 일에 붙들려 좋은 시간을 허비하고 싶지 않았다.

머릿속에서 그 장면을 송두리째 지우고 싶었다. 그 남자가 손으로 온몸을 더듬으면서 신음소리를 내던 그 장면. 그게 마지막이었다.

214

마치 굵은 막대기가 픽 쪼개지듯 둔탁한 소리가 났다. 이어 남자가 그녀 옆으로 픽 쓰러졌고 기다란 막대기를 든 채 몸을 구부리고 있는 에드가가 눈에 들어왔다.

　에드가는 놀라서 소리를 질렀다.

　"앨리스! 세상에, 이게 무슨 일이야?"

　앨리스는 왈칵 눈물이 솟구쳤다. 큰 소리로 흐느끼며 그녀는 에드가의 품에 안겼다.

　"이 나쁜 자식!"

　에드가는 으르렁거리며 앨리스의 손목을 묶은 줄을 풀었다. 그리고 앨리스의 겨드랑이에 손을 넣어 일으켜 세운 다음 그녀를 부축해 덤불을 빠져나갔다.

　여전히 흐느끼면서도 앨리스는 옷매무새를 가다듬었다. 온몸이 와들와들 떨렸고 제대로 몸을 가누기가 힘들었다. 바닥에 주저앉지 않게끔 에드가가 그녀를 붙잡아줬다.

　"그 남자는… 그 남자는… 네가 제 시간에… 와줘서……."

　앨리스는 말을 마칠 수 없었다. 에드가가 부드럽게 손가락을 입술에 갖다 댔기 때문이다.

　"이제 괜찮아. 걱정 마, 다 괜찮을 거야."

　"그렇지만… 그 남자는 어떡해?"

　에드가는 역겹다는 표정으로 얼굴을 찡그렸다.

"아마 정신을 잃었을 거야."

에드가가 말을 마치기도 전에 덤불 속에서 부스럭거리는 소리가 들려왔다. 고개를 돌린 순간 앨리스는 비명을 질렀다.

덤불숲에서 엉거주춤 몸을 일으킨 남자가 두 사람을 이글거리는 눈으로 쏘아보고 있었다.

그러더니 그가 이쪽을 향해 걸어오기 시작했다. 앨리스는 다시 비명을 질렀다. 남자는 휙 몸을 날려 두 사람을 덮치려 했다. 하지만 에드가가 앨리스를 옆으로 끌어당기며 재빨리 몸을 피했고 남자는 허공에 나가떨어졌다. 마침내 인도에 몸을 길게 뻗으며 나자빠진 그는 꼼짝하지 않았다.

맞은편 집의 현관문이 열리더니 누군가 걸어 나왔다.

"거기 무슨 일이오?"

굵은 목소리가 울려 퍼졌다.

에드가는 침착하게 말했다.

"경찰을 불러주세요. 얼른요."

잠시 후 경찰차 두 대가 도착했고 곧이어 앰뷸런스가 와서 아직 의식이 없는 남자를 태우고 사라졌다.

두 손이 들것에 묶인 채 앰뷸런스에 실린 그는 구급대원이 에드가한테 맞은 뒤통수의 상처를 치료하는 동안 겨우 의식을 되찾았다.

"앨리스? 너 어디 있니?"

그는 신음소리를 내며 중얼거렸다.

하지만 앨리스와 에드가는 이미 경찰차 뒷좌석에 앉아 안전하게 이동하는 중이었다.

*

방문을 두드리는 소리가 났다. 앨리스가 대답도 하기 전에 문이 열리며 커다란 쟁반을 든 엄마가 방 안으로 들어왔다.

"잘 잤니? 벌써 일어난 줄 알았는데……."

엄마는 앨리스의 침대 옆으로 와서 미소를 지었다.

"어디에 둘까? 화장대? 책상? 아니면 일어나서 아침 먹을래?"

앨리스는 고개를 저었다.

"엄마, 난 이제 안 아파. 그리고 침대까지 아침식사를 가져오지 않아도 돼요. 내가 부엌까지 갈 수 있다니까."

앨리스는 진지하게 말했다.

그래도 슬며시 웃음이 나오는 건 어쩔 수 없었다. 올리버 골로 인한 끔찍한 기억을 극복할 수 있도록 엄마가 얼마나 노력을 기울이는지를 생각하면 거의 감동적이었다.

올리버 골. 아마 앨리스가 살면서 평생 절대로 잊을 수 없는 이름일 것이다.

　너무나 평범하고 전혀 위험하지 않게 느껴지는 이름. 분명 같은 이름을 가진 사람이 수없이 많을 것이다. 대부분의 올리버는 자신이 운명의 부름을 받았다고 착각하는 사이코패스가 아니다.

　그렇지만 이 올리버도 알고 보면 불쌍한 사람 중 하나였다. 그가 왜 그런 행동을 했는지에 대해 경찰은 열심히 자료를 찾아냈다. 그 결과 초등학교 때부터 반 친구들에게 모욕과 괴롭힘을 당해왔던 사실을 알아냈다. 또 그가 스토킹한 소녀가 앨리스가 처음이 아니라는 사실도 밝혀졌다.

　그 얘기를 전해들은 앨리스의 엄마는 완전히 이성을 잃어버렸다.

　"늘 그렇지!"

　엄마는 지금까지 한 번도 들어본 적이 없는 큰 소리로 외쳤다.

　"늘 그렇다니까! 범인은 항상 힘든 어린 시절을 보내거나 누군가에게 버림받고 괴롭힘을 당한 적이 있어. 어쩌면 그 때문에 그런 일을 저지를 수도 있겠지. 그렇다고 그 녀석이 너한테 한 일이 용서되지는 않아. 세상에! 그 녀석한테 하마터면 성폭행당할 뻔했어! 게다가 자칫하면 살해당할 수도 있었다구……."

　엄마는 힘겹게 숨을 삼켰다.

　"다행히 뜻대로 하진 못했잖아요."

　앨리스는 엄마를 진정시키려고 애썼다.

"에드가가 그 순간에 딱 나타난 덕분이지 뭐."

앨리스는 곰곰이 생각한 끝에 고개를 끄덕였다.

"맞아, 진짜 하느님이 에드가를 보내주신 것 같아. 에드가가 없었더라면 어떻게 됐을지, 아휴!"

"너의 수호천사가 맞구나, 앨리스."

엄마의 목소리가 한결 부드러워졌다.

"그래도 그런 무서운 일을 겪었으니 그 후유증을 무시하면 안 돼. 몸에 상처를 입진 않았지만 얼마나 끔찍하고 놀랐겠니."

"그건 맞아요. 그래서 지금 심리치료사한테 가보려는 거잖아."

엄마도 고개를 끄덕였다.

"네가 그렇게 하겠다고 결정한 건 정말 잘한 일이야."

엄마는 쟁반을 책상에 놓더니 창문 쪽으로 갔다.

"커튼을 걷어줄까?"

앨리스는 고개를 끄덕였다.

앨리스가 심리치료사의 도움을 받을 수밖에 없는 이유가 또 있었다. 경찰은 올리버 골의 집을 수색한 결과 벽이나 컴퓨터 안에서 앨리스의 사진을 셀 수도 없이 찾아냈다. 그 자료에 따르면 올리버는 어둠을 틈타 1년이 넘도록 정기적으로 창문 밖에서 앨리스의 사진이나 동영상을 찍어왔다. 물론 앨리스는 전혀 눈치채지 못했다. 미케가 그 멍청한 가짜 스토킹 비디오를 찍으러 앨리스의 창문 앞에 왔던 날 그와 마주치지 않은 것은 거의 기적에 가까운 일이었다.

블라인드나 커튼을 치지 않은 채 방에 불을 켜고 지내려면 앞으로 얼마나 시간이 흘러야 할지 모른다.

*

이전과 똑같지 않은 것은 그뿐만이 아니었다. 앨리스가 인터넷을 대하는 태도도 달라졌다.

요즘 앨리스는 에드가의 도움을 받아 인터넷에 남긴 자신의 흔적을 하나씩 지워가는 중이다. 하지만 무서운 것은 그게 절대로 쉬운 일이 아니라는 사실이었다. 과거에 잠깐 드러냈던 자신의 모습이 방대한 인터넷 세상을 끊임없이 떠돌고 있다는 걸 앨리스는 확인했다. 자신의 의지와는 전혀 상관없이 말이다.

튀센 선생님이 몇 주 전 사회 시간에, 요즘 학생들은 가상세계와 현실세계의 구분 없이 두 세계를 넘나들며 사는 디지털 원주민 세대라고 말한 적이 있었다. 당시 앨리스는 원주민이라는 말을 순진하다는 말로 잘못 알아듣고 개인적으로 모욕이라도 당한 것처럼 괜히 흥분해서 선생님께 따지고 들었다. 하지만 이런 일이 벌어지고 난 지금에야 말도 안 된다고 생각했던 그 표현이 얼마나

딱 맞아떨어지는 것인지 깨달았다. '순진한 디지털족'. 그렇다. 그
야말로 앨리스의 행동을 한마디로 압축해주는 표현이었다. 결과
에 대해서는 한 번도 제대로 생각해보지 않고 앨리스는 자신에 관
한 수많은 정보를 노출시킨 것이다.

왜 그랬을까? 다른 애들도 다 그랬으니까. 앨리스는 올리버 골
과 같은 사이코패스가 인터넷을 뒤지며 자신과 같은 애들을 사냥
하고 다닐 거라는 생각은 꿈에도 해본 적이 없었다.

"왜 나지? 왜 하필 나를 선택한 걸까?"

에드가는 집게손가락으로 앨리스의 뺨을 타고 흐르는 눈물을
닦아주었다.

"그건 아마 너를 추적하는 게 아주 쉬워서가 아니었을까. 인터
넷에서는 너에 관한 걸 뭐든지 아주 쉽게 찾을 수 있으니까. 굳이
노력하지 않아도 말이야."

*

화장대 서랍 안에 넣어두었던 휴대폰이 울렸다. 앨리스는 손을
뻗어 발신자를 확인하고 미소를 지었다. 에드가였다.

"저, 엄마."

앨리스는 엄마한테 눈짓을 보냈다.

"그래, 알았어. 절대 방해 안 할 테니 염려 마."

엄마는 미소를 띠며 문을 닫고 나갔다.

"여보세요?"

앨리스는 전화를 받았다.

"혹시 야심만만한 결혼 사기범의 전화 맞나요?"

앨리스는 웃음을 터트렸다.

"네. 그럼 당신은 제 수호천사가 맞나요?"

"흠흠……" 에드가는 천천히 대답했다. "수호천사라, 그거 좋지. 그럼 수호천사랑 눈길을 산책하는 건 어떻게 생각해?"

"눈? 눈이 오고 있어?"

앨리스는 창밖을 내다봤다.

"정말이네! 너무너무 아름답다!"

"너의 수호천사로서 내가 하늘에 특별히 부탁 좀 했지. 네가 얼마나 간절히 화이트 크리스마스를 원하는지 아니까."

앨리스는 키득키득 소리 내어 웃었다.

"에드가, 너 혹시 그거 아니? 내가 네 어떤 점을 특히 좋아하는지 말이야."

"물론이지. 잘생겼잖아."

"아니, 너의 그 착각과 망상! 그 대책 없는 허풍이 난 너무 좋아."

"뭐라고!"

에드가는 화난 듯이 소리를 높였다.

"난 평생 허풍이라곤 모르고 산 사람이야. 허풍 좀 칠 줄 알았으면 좋겠다. 그렇지만 그럴 일은 결코 없을걸. 내가 공부 열심히 해서 외과의사가 되면 더 멋진 신랑감이 되겠지."

"맞아, 넌 굉장한 신랑감이야. 언제 데리러 올래?"

"15분 후에."

"기다리기 힘든데."

"당연하지, 멋진 기사가 모시러 가는데……."

"사랑해."

앨리스는 속삭였다.

"나도 사랑해."

앨리스는 손으로 전화기를 든 채 미소를 지으며 허공을 바라봤다.

창 쪽으로 걸어간 앨리스는 밖을 내다봤다. 하얀 눈송이들이 하늘에서 나풀나풀 떨어져 내리고 있었다.

인터넷은 우리가
어떻게 사용하느냐에 따라
그물이 될 수도, 날개가 될 수도 있다

이 책은 감수성이 예민한 10대 청소년들이 편리한 의사소통 수단으로 여기는 인터넷이 실은 얼마나 무시무시한 위험과 함정이 도사리고 있는 정글인가를 보여주는 작품이다.

예쁘고 영민하며 재기 넘치는 아이들에게 인터넷은 자신의 능력을 보여주고 자유롭게 생각과 느낌을 표현할 수 있는 놀이터다. 하지만 이 놀이터에는 상상도 하지 못한 함정이 숨어 있는데, 바로 자유로운 자기표현이 부메랑이 되어서 나중에 자신을 옥죄고 위협할 수 있다는 것이다. 물론 이것은 비단 청소년에게만 한정된 문제가 아니다. 우리 사회에서도 별 의미 없이 올린 SNS 메시지나 인터넷 글로 나중에 곤욕을 치르고 후회하는 사람들이 얼마나 많은가. 이는 단지 유명인에만 한정되는 문제는 아닐 것이다.

이 책은 10대 청소년들이 안고 있는 저마다의 소소한 고민이라든가 취향, 그리고 사랑 이야기를 간결하고 발랄한 문체로 그리고 있으며, 사건이 벌어지면서 수많은 의혹과 혼란에 빠지게 되는 심리적 갈등을 긴장감 있게 풀어내고 있다. 10대들의 자유롭고 일상적인 자기표현의 장인 인터넷이 어느 순간 그들을 옥죄고 가두어버리는 그물로 변할 수 있다는 교훈을 준다.

하지만 인터넷이 그물이 될 것인지, 우리의 삶을 자유롭게 소통하게 하는 날개가 될지는 결국 우리가 그것을 어떻게 사용하는가에 달려 있는 것이 아니겠는가. 그런 점에서 작가가 던지는 이 책의 묵직한 주제에 대해 주된 독자층인 10대뿐 아니라 우리 모두의 지혜와 성찰이 필요하지 않을까 싶다.

2014년 5월
이덕임

『인터넷 나라의 앨리스』 깊게 읽기

김영아 (경주 문화중학교 교사)

이상한 나라의 앨리스는 꿈과 환상의 세계에서 짜릿한 모험을 하고 행복하게 현실로 돌아옵니다. 그런데 인터넷 나라의 앨리스는 인터넷 나라에서 즐겁고 신나는 삶을 누리다가 현실에서 끔찍한 일을 겪게 되는군요. 이 소설을 읽고 나서 저는 좀 섬뜩했습니다. '혹시 내 블로그에도 정체를 알려주는 정보가 있는 건 아니겠지?' 찜찜한 마음으로 곰곰이 되짚어볼 수밖에 없었죠.

인터넷과 그것을 기반으로 한 모바일 메신저, SNS 같은 놀랍고 신기한 기술이 익숙하고 당연해진 세상. 이 세상은 과연 편리하고 좋기만 한 걸까요? 어쩌면 너무 익숙해서 무엇이 문제인지도 못 느끼는 건 아닐까요? 앨리스의 경험을 바탕으로 인터넷 나라에 대해 함께 고민해보면 좋겠습니다.

1. 인터넷 나라에서 비밀은 존재할 수 있을까요?

얼마 전에 있었던 일이죠. 어떤 국가대표 축구선수가 SNS에 감독을 비난하는 글을 올렸다가 엄청난 곤욕을 치렀던 일을 다들 기억하실 겁니다. 어떻게 보면 그건 선수 개인의 생각이고 누구에게나 생각의 자유는 있는 거라고 생각할 수 있지 않을까요? 그런데 문제는 그 생각을 인터넷 공간에 남겼다는 겁니다. 그런 결과가 닥칠 거라고 예상했다면 그는 절대로 글을 올리지 않았을 겁니다. 앨리스 역시 블로그에, SNS에 남긴 기록을 누군가가 그렇게 샅샅이 뒤지고 다닐 줄 알았다면 자신을 드러내는 정보들을 함부로 올리지 않았겠죠.

가장 중요한 금융 정보마저 해킹을 당하는 현실을 생각해보면 인터넷 나라에 비밀이 존재하기 어렵다는 걸 알 수 있습니다. 이렇게 생각하면 될 것 같아요. 인터넷 공간에 올리는 정보는 누구에게나 공개될 수 있는 것이라고. 결국 누구에게나 공개되어도 아무런 문제가 없는 정보들만 올리는 게 바람직하다는 결론이 내려지네요. 어떤 자료를 올리기 전에 '이걸 누가 보더라도 아무 문제가 없을까?' 하고 한번 생각해보는 것만으로도 인터넷 공간은 한 단계 더 안전해질 것 같습니다.

2. 인터넷 나라에서 현실과 동일한 인격을 보여줄 수 있을까요?

　불과 십여 년 만에 '악플러'라는 신조어가 너무나 익숙한 일상어로 자리를 잡았습니다. 악플러와 관련된 안타까운 사건들도 많이 보았고 아마 여러분들 중에도 악플 때문에 고통을 겪어본 친구들이 있을 거예요. 그런데 놀라운 것은 악플을 다는 사람들을 실제로 만나보면 평범한 사람들이 많다는 사실입니다.

　우리의 주인공 앨리스도 마찬가지죠? 현실의 앨리스는 성적도 좋고 책을 사랑하며 작가가 되기를 꿈꾸는 평범한 소녀입니다. 하지만 유명 블로거 앨리스는 '질주하는 리타'가 되어 주위의 많은 사람들을 비웃고 헐뜯는 인물로 변신하죠. 심지어 절친인 카트야마저 앨리스에게 복수를 하게 만들 만큼 독한 캐릭터가 됩니다.

　왜 사이버 공간에서 사람들의 인격이 이렇게 달라지는 걸까요? 아마도 익명성을 믿고 현실에서 쌓인 나쁜 감정들을 거기다 털어내는 것이 아닐까 하는 생각이 듭니다. 얼굴을 가진 현실의 '나'가 지켜야 할 도덕과 체면을 벗어던지고 '막 나가보는' 거죠. 누구나 현실에서 자신의 이미지를 신경 쓰고 관리하듯이 사이버 공간에서도 그 이미지를 지켜갔으면 좋겠습니다.

　이렇게 해보면 어떨까요? 현실에서 입으로 뱉을 수 없는 말은 사이버 공간에서도 뱉지 말기. 그러면 '악플러'라는 단어도 사라지지 않을까요?

3. 인터넷 나라에서 진정한 소통이 이루어질 수 있을까요?

맛있어 보이는 음식을 앞에 두고, 눈부시게 아름다운 꽃 아래서, 근사한 풍경 속에서 요즘 사람들이 가장 먼저 하는 일이 뭘까요? 그렇습니다, 일단 사진을 찍는 거죠. 그러고는 사진을 SNS에 올린 후 짧은 글을 덧붙이기. 여러분들도 많이 해본 일이죠? SNS를 안 하는 사람들이 오히려 신기하게 보일 만큼 SNS는 보편적인 의사소통 수단으로 자리를 잡았습니다. 그런데 과연 SNS가 이름처럼 진정한 '사회적 관계망'을 형성해줄까요?

앨리스가 카트야와 소통하는 걸 봐도 그래요. 결정적으로 중요한 대화는 만나서 얼굴을 맞대고 하거나 하다못해 전화로 하잖아요. SNS가 소통의 공간이라고들 하지만 그 소통의 방식은 다분히 일방적이고 자기중심적인 것 같아요. 현실의 인간관계와 달리 상대를 배려할 부담이 적고 내가 편할 때 관리할 수 있고 내가 보여주고 싶은 것만 보여줄 수 있는 편한 관계. 그래서 우리가 SNS에 더 몰두하는 건 아닐까요?

4. 인터넷 나라가 현실을 대신할 수 있을까요?

현대인들의 생활에서 디지털 기술이 차지하는 비중은 점점 더 높아져 이제 디지털 기술을 배제한 삶은 상상만 해도 불편함, 그 자체가 되고 말았습니다. 그런데 가끔씩은 우리가 필요 이상으로 디지털 세상을 헤매고 있는 게 아닌가 하는 생각이 듭니다.

디지털 기술은 우리의 삶을 풍요롭게 하기 위한 수단이어야 하는데, 때로는 삶의 목적이 된 것 같을 때가 있습니다. 블로그에 올리려고 예쁜 꽃 사진을 찍기만 했지, 정작 꽃향기를 한번 맡아 볼 생각은 못 하지 않았나요? 인터넷에 올라온 아름다운 풍경 사진만 들여다봤지, 정작 우리 주변의 풍경에는 눈길 한번 못 주지 않았나요? SNS의 인맥만 열심히 관리했지, 정작 늘 내 곁에 있는 사람들에게는 무심하지 않았나요?

디지털 세상의 주인은 인간입니다. 우리가 먼저 현실의 삶에 단단히 발을 딛고 섰을 때 디지털 세상의 주인 노릇도 제대로 해낼 수 있으리라 믿습니다.

그런 의미에서 지금 바로 컴퓨터에서, 스마트폰에서 고개를 들어 주위를 한번 둘러보세요. 우리가 발을 딛고 서 있는 아름다운 세상이 보일 거예요.

5. 인터넷 나라에 내가 남긴 흔적들을 무시할 수 있을까요?

소설 속에서 튀센 선생님은 이런 말을 합니다.

"디지털 원주민인 너희들이 남긴 온라인 프로필은 전 세계로 퍼져나가 사회적 정체성으로 자리 잡게 된단다. 이렇게 형성된 정체성은 일생 동안 너희를 계속 따라다니게 될 거야. 내가 하고 싶은 말은, 이 세상엔 너희들이 성장하는 과정에서 개인적으로 남긴 글이나 기록을 이용하려는 사람들이 있다는 거야."

앨리스와 친구들은 튀센 선생님이 '오버'한다며 못마땅해하지요. 어쩌면 여러분들도 튀센 선생님의 말이 좀 과장되었다고 생각할지도 모르겠습니다.

그런데 혹시 이거 알고 있나요? 최근에 대학 입시에서, 회사의 채용 시험에서 후보자의 인성을 검증하는 차원에서 인터넷 이력을 조회하는 곳이 있다는군요. 이것이 좋은 방법인가 아닌가는 생각해볼 문제이지만 튀센 선생님의 말이 결코 과장이 아니라는 건 확인된 셈이죠.

인간은 누구나 삶의 흔적을 남기게 마련이고 이왕이면 아름다운 흔적을 남기고 싶은 것이 인지상정입니다. 그렇다면 이제 인터넷 나라에도 아름다운 흔적을 남겨보면 어떨까요? 그게 힘들다면 차라리 아무 흔적도 남기지 않는 것이 현명하다고 봐야겠죠. 머물던 자리를 깨끗하고 아름답게 만드는 것은 인터넷 나라에서도 지켜야 할 예절임을 기억했으면 좋겠습니다.

인터넷이 인류의 역사에 '정보 혁명'이라는 대사건을 일으킨 놀라운 기술임은 틀림이 없습니다. 이제 우리가 해야 할 일은 이 놀라운 기술을 잘 사용해서 인간이 더 인간답게 행복해지는 세상을 만드는 것이라고 생각합니다. 그리고 그 주역은 바로 여러분들입니다. 여러분들은 디지털 원주민답게 인터넷 나라에서도 현명하고 건강한 삶을 이끌어가는 참주인이 되어주기를 바랍니다.